ENCHAÎNÉS

W0244435

Lynne Kelly est écrivain et interprète de langage des signes. *Enchaînés* est son premier roman. Elle vit à Houston, au Texas.

Illustration de couverture : Aline Bureau
© 2012, Lynne Kelly
Ouvrage publié originellement par Farrar, Straus and Giroux
sous le titre *Chained*

© 2015, Bayard Éditions pour la traduction française
18, rue Barbès, 92128 Montrouge Cedex
Dépôt légal : septembre 2015
ISBN : 978-2-7470-4805-7

Loi n° 49-956 du 16 juillet 1949 sur les publications destinées à la jeunesse.
Tous droits réservés.
Reproduction, même partielle, interdite.

ENCHAÎNÉS

LYNNE KELLY

Traduit de l'anglais (États-Unis)
par Pascale Jusforges

bayard jeunesse

Pour mes parents, qui m'ont donné des livres,
et pour Samantha, à qui j'ai eu le bonheur de les lire.

1

« Quand un éléphant tombe malade,
toute la harde prend soin de lui. »

Les éléphants de la jungle, Tin San Bo

L'inondation est terminée, mais la fièvre est restée.

Assis par terre dans notre cahute, j'applique un gant de toilette humide sur le front de Chanda. Dehors, sur le foyer en terre cuite du village, ma mère prépare une nouvelle infusion de basilic. Les voix des voisines réunies autour d'elle me parviennent par la porte grande ouverte.

– Tiens... du jus de papaye avec du miel.

– Est-ce que tu as essayé les raisins au gingembre ? Fais-les bouillir ensemble et donne-lui le liquide à boire.

– Prends ces oignons, Parvati. Quand mon fils était malade, je lui faisais du bouillon d'oignons.

Le mois de septembre a marqué la fin de la saison des moussons, mais la semaine dernière, une forte pluie d'octobre a fait déborder la rivière près de notre village. Le bourdonnement des moustiques qui suivaient l'eau nous a tous inquiétés. Souvent, les moustiques apportent la fièvre.

Cette fièvre se montre parfois plus forte qu'un gant de toilette froid, une infusion de basilic ou un bouillon d'oignons.

L'un de ces moustiques porteurs de fièvre a dû piquer ma petite sœur, parce qu'elle est malade depuis cinq jours. Elle est trop faible pour se lever. Elle ne veut rien manger ni rien boire, pas même du lait frais sucré.

Notre mère entre dans la pièce avec un verre de thé et un bol en bois. Elle pose le verre à côté de moi et s'agenouille près de Chanda.

– Neera t'a préparé du jus de papaye avec du miel. Bois-le, cela te fera du bien.

D'une main, elle soutient la nuque de ma sœur et porte le bol à ses lèvres afin de faire couler délicatement le jus dans sa bouche.

– J'ai mal à la tête, Amma.

– Encore un peu.

Après une autre gorgée, ma mère repose le bol par terre et la tête de Chanda sur la couverture. Je murmure :

– Il faudrait l'amener chez le docteur, tu ne crois pas ?

Amma reste muette.

– Je sais bien qu'on n'a pas d'argent, mais...

Depuis la mort de Baba l'année dernière, j'ai l'impression que notre famille dévale une colline de sable sans pouvoir se raccrocher à quoi que ce soit.

– Elle va se rétablir, Hastin, m'affirme Amma sans toutefois lâcher des yeux le visage de Chanda. La fièvre baissera avec le prochain verre de thé, ou après une bonne nuit de sommeil. Et tous les gens d'ici prient pour sa guérison.

Ils prient, mais à les entendre, il n'y aura pas de guérison.

Je ne l'ai pas raconté à Amma, mais hier soir, j'ai surpris notre voisine glisser à son mari, au moment où ils sortaient de chez nous :

– Pauvre Parvati ! D'abord son mari, et maintenant sa petite fille...

L'homme lui a fait signe de se taire après avoir croisé mon regard.

– Continue à lui donner du jus et du thé, me dit ma mère. Je vais préparer un bouillon d'oignons en même temps que notre dîner.

Amma caresse le visage de Chanda et se force à sourire.

– Elle a meilleure mine, tu ne trouves pas ?

Non, je ne trouve pas. J'ai envie de prendre ma mère par les épaules et de la secouer en criant : *Tu ne vois pas que son état empire ? Fais quelque chose ! Soulage-la !* Mais elle a encore de l'espoir, alors je ne veux pas l'en priver.

Elle se lève et se hâte de regagner la cour commune.

Près de moi, un petit feu brûle au fond d'un seau enduit de boue. Je pose le verre de thé sur la grille en métal qui le recouvre afin de le garder au chaud. Je trempe à nouveau le gant de toilette dans la cuvette d'eau froide, puis l'applique sur le front de Chanda. Dans son sommeil, sa poitrine se soulève et s'abaisse régulièrement.

L'odeur des *chapatis* qui cuisent dans le four extérieur aiguise mon appétit. J'espère que nous dînerons bientôt – il n'y a rien de meilleur que ces galettes de pain toutes chaudes nappées de babeurre. Peut-être aurons-nous aussi des haricots ce soir.

Le soleil décline ; il commence à faire sombre dans la pièce. Pourtant, il est encore trop tôt pour allumer la lampe. Dans la malle en bois où je range mes affaires, je prends la balle qu'Amma m'a fabriquée avec des chutes de tissus, puis je sors dans la cour. Assise devant le four en terre, Amma se protège le visage avec un coin de son sari pour éviter les tourbillons de fumée grise.

Raj accourt vers moi en remuant la queue. Chanda et moi l'avons trouvé un jour, alors qu'il buvait l'eau de la flaque au pied de la pompe. Il était si maigre qu'on voyait ses côtes sous son pelage couleur de sable.

Amma ne voulait pas qu'on le garde.

– Je n'ai pas besoin d'une autre bouche à nourrir ! disait-elle.

Mais comme ce pauvre chien n'a personne à part Chanda et moi, nous lui apportons des restes ou un bol de lait dès que notre mère a le dos tourné. Et quand elle nous demande « Pourquoi est-ce que ce chien vous suit partout ? », nous haussons les épaules d'un air innocent.

La semaine dernière, Amma m'a aperçu en train de caresser Raj après que je lui avais donné un bout de *chapati*.

– Ce chien a engraissé depuis qu'il te connaît, m'a-t-elle fait remarquer avec un léger sourire.

Depuis le pas de la porte, je lance la balle le plus loin possible, Raj la rattrape à toute allure, me la rapporte aussitôt, et on recommence. Il pourrait jouer à ça toute la journée.

– Amma ?

Je laisse tomber la balle en entendant la voix de Chanda. Je me précipite dans la maison, je m'agenouille près de ma sœur et écarte les cheveux trempés qui lui collent au visage.

– Tu te sens mieux, Chanda ?

Raj lui lèche la joue tandis que j'attrape le thé sur la grille du brasero.

– Tiens, bois un peu.

Elle repousse le verre.

– Tu veux te reposer sous ta tente ?

Chanda a toujours envie que je lui construise une tente. Elle adore y jouer avec sa poupée ou écouter les histoires que je lui raconte.

Bien qu'elle ne me réponde pas, je tire jusqu'à elle deux coffres en bois. J'en place un à sa tête, l'autre à ses pieds. Puis je prends dans la malle d'Amma un sari violet, la couleur préférée de Chanda, que je tends par-dessus les coffres de façon à former un toit. À travers le tissu, la lampe que j'allume brille comme un soleil couchant.

De temps en temps, je glisse une main sous la tête de Chanda pour l'aider à boire. Après avoir enfin avalé la dernière gorgée de thé, elle me tend le verre vide. Je me penche sur elle et l'embrasse sur le front. Encore chaud, mais peut-être moins brûlant que tout à l'heure. Je sors en courant pour annoncer la nouvelle à Amma.

Sitôt endormi cette nuit-là, je rêve que je joue à chat avec Baba et Raj. La voix de Chanda me tire de mon sommeil.

– Hastin, il fait trop chaud !

J'ouvre les yeux et me tourne vers ma sœur, allongée sur sa couverture.

– Je suis là, Chanda, qu'est-ce qui se passe ?

Chanda a commencé à faire des cauchemars après la mort de Baba. Dans ces cas-là, je lui tiens la main jusqu'à ce qu'elle se rendorme.

– Tu as encore fait un mauvais rêve ?

– Je suis brûlante.

Je rampe jusqu'à elle et lui touche le front, puis je cours vers ma mère.

– Amma, réveille-toi !

– Qu'est-ce qu'il y a, Hastin ? Je suis si fatiguée...

– C'est Chanda !

Amma se redresse et se lève d'un bond.

– Qu'est-ce qu'elle a ?

Sans attendre ma réponse, elle se précipite vers Chanda et pose une main sur son front.

– La fièvre a encore monté !

Amma allume la lampe sur l'étagère. Nous découvrons alors que Chanda a les mains et le visage couverts de points rouges. *Oh, par pitié, non...*

Nous avons déjà vu ces boutons sur des personnes contaminées par un moustique. Celles que l'on avait amenées à temps chez le docteur s'en étaient parfois remises. Parfois pas.

– Qu'est-ce qu'on peut faire, Amma ?

Ma mère soulève Chanda, aussi molle qu'une poupée de chiffon, et la prend dans ses bras.

– Je vais demander à Amar de nous conduire à l'hôpital.

– Je viens avec vous.

– Non, reste ici pour t'occuper de la maison. Je reviendrai dès que possible.

Chargée de son léger fardeau, ma mère traverse la cour commune en direction de la maison de notre voisin. Amar possède un rickshaw. Il n'y a que lui qui puisse les amener rapidement à l'hôpital de la ville.

– Amma, est-ce que Chanda va guérir ?

Je m'attends à ce qu'elle me redonne de l'espoir, qu'elle me répète, *mais oui, bien sûr qu'elle va guérir*.

Mais elle se tourne face à moi en disant :

– Je n'en sais rien, Hastin. Nous n'avons plus qu'à prier.

2

« En cas de nécessité, le troupeau se sépare
en deux afin d'assurer sa survie. »
Les éléphants de la jungle, Tin San Bo

Debout sur le pas de la porte, je regarde Amar s'éloigner en pédalant, emportant ce que j'ai de plus précieux au monde à l'arrière de son rickshaw.

Une fois rentré, je place la lampe à côté de la statue de Ganesh. De toutes les sculptures en bois que mon père a faites, nous n'avons gardé que celle-là. Les autres, nous les avons vendues tour à tour, lorsqu'il n'y avait plus un seul grain au fond du sac de riz et qu'Amma n'avait pas assez de travaux de couture pour en racheter. Mais nous nous accrochons à Ganesh, le dieu à tête d'éléphant. C'est lui qui supprime les obstacles, et nous avons besoin de sa protection.

– Gloire à toi, ô Ganesh, fils de la déesse Parvati et du grand dieu Shiva. *La tête de Chanda était tellement brûlante.*

– Gentil seigneur à une seule défense et à quatre bras, avec ta marque sur le front et une souris pour monture. *Il faut qu'elle guérisse.*

Je poursuis en silence : *Pardonne-moi. J'espère que tu ne m'en voudras pas si je te demande juste d'exaucer ma prière. Fais que Chanda aille mieux et que nous trouvions un moyen de payer les frais d'hôpital.*

Je tire la pierre que je garde toujours dans ma poche. Je l'ai depuis un peu plus d'un an ; c'est Baba qui me l'avait rapportée du marché pour mon neuvième anniversaire. Il l'avait achetée à un homme qui vendait des pierres de toutes les couleurs et de toutes les provenances. À Chanda, il avait offert une pierre violette qui étincelle à la lumière, et je m'étais demandé pourquoi notre père avait choisi pour moi cette pierre terne, formée de couches claires et foncées.

– J'ai choisi celle-là parce que je sais que tu aimes les histoires, m'avait-il expliqué bien que je n'eusse pas posé la question à voix haute. Cette pierre a beaucoup voyagé et pris de nombreuses formes. D'après le marchand, elle vient d'un volcan...

– C'est quoi, un volcan ?

– Une montagne qui crache du feu !

Cela m'avait fait légèrement rire. Parfois, Baba s'amusait à me taquiner. Mais il m'avait affirmé que c'était vrai, qu'après avoir jailli du volcan, le feu liquide refroidissait, durcissait, et se transformait en pierre. Ensuite, la pierre était restée sur les flancs du volcan pendant très longtemps, écrasée sous le poids de quantité d'autres couches de pierres.

J'avais demandé à Baba pourquoi cette pierre était aussi lisse.

– Je me suis posé la même question, m'avait-il répondu. Le marchand m'a dit qu'un jour, elle s'était détachée du volcan et qu'elle avait roulé, roulé, roulé jusqu'au moment où elle était tombée dans une rivière. À force de se faire ballotter par les eaux pendant des dizaines et des dizaines d'années, toutes ses aspérités se sont émoussées.

– Cette pierre a enduré beaucoup d'épreuves !

– Oui, mais c'est ce qui l'a rendue encore plus solide. Une pierre plus tendre se serait effritée et aurait fini en poussière.

À présent que je serre cette pierre dans ma main, j'ai l'impression d'être un peu plus fort, comme si Baba était encore auprès de moi.

Je ne me souviens pas de m'être endormi, mais quand je me suis réveillé et que j'ai observé le ciel par la fenêtre, il avait la couleur gris-bleu du petit matin.

J'ai encore la pierre de Baba dans la main. Je parcours rapidement la pièce des yeux : je suis tout seul.

Quand vient l'heure du petit déjeuner, tous les voisins discutent autour de moi dans la cour commune, mais je n'entends pas ce qu'ils disent. Ce que je mange n'a aucun goût.

Je passe le restant de la matinée à l'intérieur de la maison, posté près de la fenêtre. Le rickshaw ne va pas tarder à revenir, c'est sûr. Pour me distraire, je sors jouer à la balle avec Raj, mais je m'arrête à tout bout de champ pour regarder en direction de la ville.

Comme Amma et Chanda ne sont toujours pas rentrées après le déjeuner, je décide de boucher le trou dans le toit. La semaine dernière, la pluie a transpercé le plafond, alors j'ai mis des herbes de rivière à sécher. Je n'ai encore jamais fait ce genre de travaux mais j'ai parfois aidé Baba.

L'échelle est rangée près de l'étable. J'essaie de la soulever et manque de tomber à la renverse tellement elle est lourde. Je la pose par terre, l'empoigne par le barreau du haut et la traîne vers la maison. Je suis sûr qu'un voisin m'aurait aidé à la porter si je le lui avais demandé, mais je veux me débrouiller par moi-même.

Après avoir rassemblé les grandes herbes, j'entortille leurs extrémités pour les maintenir ensemble et, mon paquet sous le bras, je grimpe à l'échelle branlante. Raj se couche au pied en attendant que je redescende.

La paille du toit crisse sous mes mains et mes genoux tandis que j'avance à quatre pattes vers l'endroit qui fuit. Je tire un bout de ficelle de ma poche et le maintiens entre mes dents pendant que je bouche le trou.

Quand j'étais petit, à l'âge qu'a Chanda maintenant, je croyais que notre maison était sortie tout droit du sol et qu'un arbre avait poussé en plein milieu pour former le toit avec ses branches. J'ai pleuré lorsque j'ai appris que c'était faux.

– J'ai construit cette maison à partir de la terre, Hastin, m'a alors expliqué Baba. Et aussi grâce à la rivière. J'ai mélangé son eau à la terre afin d'obtenir une boue suffisamment épaisse pour bâtir des murs solides.

J'ai voulu savoir d'où venait l'arbre qui nous servait de toit.

– Également de la rivière, m'a répondu Baba. J'ai coupé des roseaux et de grandes herbes qui poussent dans l'eau. Après les avoir fait sécher au soleil, je les ai liés en fagots pour couvrir la charpente. Quant au poteau qui se dresse au milieu de notre maison, c'est effectivement un tronc d'arbre que j'ai moi-même enfoncé profondément dans le sol pour soutenir la toiture.

Tout en nouant la ficelle pour arrimer la paille neuve, je me dis que je n'avais pas complètement tort. C'est bel et bien un arbre qui a permis de faire la maison. Et la terre, et le soleil, et la rivière. Mais aussi Baba, et c'est encore mieux.

En redescendant l'échelle, j'aperçois un petit point qui bouge dans le lointain. Je m'arrête aussitôt et attends qu'il se rapproche. Je finis par distinguer la silhouette d'un rickshaw, avec Amar pédalant à l'avant et Amma assise à l'arrière. C'est tout. J'espère voir apparaître bientôt la tête de Chanda.

Elle est sans doute allongée sur les genoux d'Amma, voilà pourquoi je ne la vois pas. *Oui, c'est forcément ça.*

Je dégringole l'échelle et saute les trois derniers barreaux pour m'élancer le plus vite possible vers le rickshaw. Je me fige en découvrant qu'il n'y a personne à côté de ma mère.

– Où… ?

La suite de ma question reste coincée au fond de ma gorge. Je pointe l'index sur la place près d'Amma.

– Rentrons chez nous, me dit-elle en descendant du rickshaw.

Tous les voisins ont les yeux fixés sur nous tandis que nous marchons vers la maison.

À l'intérieur, nous nous asseyons et je me serre contre ma mère. Nous gardons tous deux le silence.

Peut-être pour profiter de cet instant où nous avons l'impression d'être en sécurité et de nous suffire l'un à l'autre.

Amma écarte mes cheveux avec sa main. J'ai les mêmes cheveux ondulés et le même visage rond que Baba. Je me demande si Amma le revoit à travers moi, et si cette ressemblance la rend triste ou heureuse.

– Amma, où est Chanda ?

– J'ai été obligée de la laisser à l'hôpital. Les médecins pensent qu'elle s'en sortira grâce au traitement qu'ils lui donnent.

– Mais combien ça coûtera ?

Amma hésite à répondre. Finalement, elle annonce :

– Quatre mille roupies.

– Quatre mille roupies ! C'est...

– Oui, beaucoup plus d'argent que nous n'en avons. Même si je cousais jour et nuit et que nous nous privions de manger jusqu'à la fin de l'année, ce ne serait encore pas suffisant.

– Mais alors, comment Chanda pourra-t-elle guérir étant donné que nous n'arriverons jamais à réunir une telle somme ?

– Amar connaissait un homme – un certain Raju Sharma – disposé à nous prêter de l'argent. Sur ses ordres, un de ses employés a apporté le montant nécessaire aux soins. Quatre mille roupies d'un coup !

Il m'a remis cela comme s'il s'agissait d'acheter un sac de farine. Tu te rends compte ?

Amma se tait, le regard perdu dans le lointain.

– Je ne veux pas la perdre, Hastin, reprend-elle au bout d'un instant. Seulement, pour la sauver il faut payer les docteurs. Alors quand Raju Sharma s'est déclaré prêt à me dépanner, j'ai dit oui, s'il vous plaît, aidez-moi. Que pouvais-je faire d'autre ?

– Mais comment allons-nous le rembourser ?

Avant qu'Amma détourne la tête, je remarque qu'elle a l'air terriblement fatiguée.

– J'irai travailler à l'usine, lui dis-je.

– Non !

Ma mère me regarde droit dans les yeux.

D'autres garçons l'ont fait, comme Ajay, mon meilleur ami. Parmi les employés de la manufacture de tapis, beaucoup sont plus jeunes que moi. J'insiste auprès d'Amma :

– Tu travailles déjà tellement ! Et puis, Chanda aura besoin de toi quand elle rentrera à la maison. Laisse-moi t'aider.

– Tu as vu dans quel état sont les enfants qui reviennent de ces endroits-là ?

Elle a raison. Quand Ajay est rentré au village après un an de travail, il ressemblait à un vieillard, tout maigre et courbé en deux. Il n'arrêtait pas de tousser à cause de la poussière qu'il avait respirée en permanence. Rien que d'y penser, j'ai la gorge qui me gratte.

La tête basse, je redemande à ma mère :

– Comment allons-nous faire pour rembourser Sharmaji[1] ?

– Il a besoin d'une nouvelle domestique pour la maison qu'il possède en ville.

– En ville ? Ça veut dire qu'on va déménager ?

Je regarde autour de moi, puis par la fenêtre ouverte sur la cour. Tout ce que je connais se trouve ici.

– Non, Hastin, juste moi.

Alors je resterai seul ? Je retiens mon souffle, comme si j'étais pris dans une tempête de sable sans aucune étoffe pour me protéger la figure.

– Il va falloir que tu t'occupes de la maison, poursuit ma mère. Quand Chanda sera rétablie, tu iras la chercher à l'hôpital, Amar te conduira. Je parlerai à nos voisins avant mon départ. Je suis sûre qu'ils t'aideront.

Amma prend mes mains dans les siennes.

– Je suis désolée, Hastin... Je le fais pour Chanda. Si ton père était encore en vie, ce serait différent. Mais il n'est plus là, et ses sculptures non plus. Si seulement j'avais une autre solution !

1. Pour les Indiens, le suffixe « ji » ajouté à un nom est une marque de respect (NDT).

– Ne t'inquiète pas, Amma.

J'essuie ses larmes et fais de mon mieux pour afficher un air courageux, mais au fond de moi j'ai très peur de ce que l'avenir nous réserve.

Pourtant, Amma a trouvé le moyen de subvenir à nos besoins et de payer les frais médicaux pour que Chanda guérisse. Je réalise subitement que ma prière a été exaucée.

3

« Quand un éléphant est blessé, les membres
de sa famille l'encouragent à se relever
pour rejoindre le troupeau. »

Les éléphants de la jungle, Tin San Bo

Une semaine après le départ d'Amma, Amar me propose de m'emmener la voir.

– Mon frère veut vendre sa chamelle au marché, mais il est trop vieux pour effectuer le voyage, me dit-il. Occupe-toi de cette bête pendant toute la semaine, et tu pourras venir avec moi en ville. Nous ferons la surprise à ta mère !

Je suis content d'avoir ce travail, cela me change les idées. Plus que jamais, Raj me suit comme une ombre, comme s'il savait que je n'ai plus que lui désormais, et inversement. Il dort même avec moi dans la maison. Je pense qu'Amma n'y verrait pas d'inconvénient.

Chaque matin, dès le lever du soleil, je traverse la cour pour me rendre chez Amar. Après avoir détaché la chamelle de son piquet, je la mène paître dans les environs. En fin de journée, je me joins aux voisins pour le dîner, ensuite je retourne chez Amar pour nettoyer l'enclos de la chamelle et lui faire faire sa promenade du soir.

Au début j'ai essayé de la caresser, mais maintenant je garde mes distances. Elle m'a trop souvent mordu ou léché la figure par surprise. J'ai appris à m'écarter d'elle le plus vite possible, mais malgré tout elle réussit encore à me cracher dessus.

Quand j'ai voulu savoir comment s'appelait cet animal, Amar m'a répondu qu'il n'avait pas de nom.

– Je vais l'appeler Moti, ai-je déclaré.

– Tu aimes bien ce nom ? m'a demandé Amar.

– Non. Mais j'ai une cousine qui s'appelle comme ça. Elle est méchante et elle sent mauvais.

– Alors c'est bien choisi !

Moti me donne un grand coup de langue. Je file me rincer le visage.

Quand arrive le dernier soir de la semaine, j'ai du mal à dormir tellement je pense à mes retrouvailles avec Amma.

Nous partons avant l'aube. En ce jour de marché, Amar préfère avoir beaucoup de temps devant lui pour être sûr de vendre la chamelle.

J'aide à charger nos provisions de nourriture et d'eau dans le panier fixé sur le dos de Moti, après quoi nous entamons notre voyage. Raj se met à aboyer au milieu de la route en nous voyant partir, mais il ne cherche pas à nous suivre. Depuis que Moti lui a marché dessus quand il s'est approché d'elle, il la déteste.

Avec Amar, nous nous relayons pour conduire le rickshaw et monter Moti. Entre les secousses à dos de chameau et le pédalage, j'ai mal absolument partout quand nous arrivons en ville.

Une fois trouvée l'adresse de Raju Sharma, je regarde, stupéfait, la maison qui se dresse au bout d'une longue allée. Je me demande en quoi elle est faite. Je n'ai jamais vu de murs aussi blancs ! Beaucoup de gens ont dû travailler à la construction de cette habitation qui paraît plus grande que mon village.

– Ce n'est qu'une seule maison ?

– Oui, me répond Amar. Sharmaji est très riche.

– Il doit avoir une famille nombreuse.

Alors que je m'avance dans l'allée, Amar m'agrippe par l'épaule.

– Attends, mieux vaut passer par-derrière.

Nous contournons la maison, Amar poussant le rickshaw, moi tirant la chamelle. La cour où nous entrons est bordée de buissons si nets et si plats qu'ils pourraient servir de tables. D'autres sont taillés en forme d'énorme oiseau. Un bassin carré, plus large que quatre maisons, occupe le centre de la cour. Je m'en approche. Malgré sa profondeur, j'en vois parfaitement le fond.

– Je ne savais pas que l'eau pouvait être aussi claire ! dis-je à Amar.

Soudain, j'aperçois ma mère.

Elle se tient sous un papayer, un panier sous le bras, et dans une main le fruit qu'elle vient de cueillir. Voilà deux semaines que nous vivons séparés, mais tout d'un coup cela me paraît une éternité. J'ai envie de la prendre par la main et de rentrer chez nous en courant.

– Hastin ? s'étonne-t-elle.

Je passe la corde de Moti à Amar et commence à courir vers ma mère, mais je m'immobilise brusquement. Au lieu du grand sourire qui éclaire habituellement son visage quand elle me voit, elle m'adresse un sourire forcé. Depuis que nous nous sommes quittés, je croyais qu'elle s'était ennuyée de moi, tout comme moi je me suis ennuyé d'elle, mais à présent je me demande si je n'ai pas fait une erreur.

Elle jette un coup d'œil en direction de la grande maison, puis pose son panier par terre après avoir mis la papaye dedans. Amar attend derrière moi avec Moti tandis que je m'élance à nouveau pour me jeter dans les bras d'Amma. Je reçois un coup au cœur en voyant que son œil gauche est cerclé de bleu. En l'espace de quinze jours, ma mère me semble soudain plus petite et plus fragile. Je prends garde à ne pas la serrer trop fort.

– Tu m'as tellement manqué, Hastin !

Elle recule d'un pas pour m'examiner et me peigne les cheveux avec ses doigts.

– Toi aussi, tu m'as manqué, Amma.

– Dis-moi, s'inquiète-t-elle en lançant un bref regard à Amar. Tu as fait tout ce chemin… pourquoi ? Est-ce que tout va bien ?

– Oui, très bien. J'avais juste envie de te voir.

Je lui raconte l'arrangement conclu avec Amar pour la chamelle.

– Mais ça m'étonnerait que quelqu'un veuille l'acheter : elle mord !

Je retrousse ma manche et montre mon bras. Amma rit et embrasse mes morsures.

– Qu'est-ce qui est arrivé à ton œil ?

Au moment où je tends la main vers son visage, ma mère se raidit et s'écarte vivement de moi.

– Oh, ça ? Ce n'est rien, me répond-elle en effleurant son œil. Je me suis bêtement cognée dans une porte !

Il y a quelque chose qui cloche. Amma parle nettement plus vite que d'habitude, comme pour m'empêcher de deviner la vérité. Je ressens la même inquiétude qu'à l'approche d'un orage, lorsqu'il se produit un étrange changement dans l'air. Je plonge la main dans ma poche et serre la pierre de Baba.

Ma mère pointe la maison du doigt.

– Elle est belle, hein ?

Une voix stridente interrompt notre conversation.

– Faites partir cet animal !

Deux enfants, une fille d'à peu près mon âge et un garçon plus âgé, se tiennent près de la porte de service. En me retournant, je comprends pourquoi la fille s'est mise à hurler : Moti est en train de grignoter la tête d'un de ces curieux buissons en forme d'oiseau. Amar essaie en vain de l'en éloigner en tirant sur la corde. Je me précipite pour lui prêter main-forte, mais je m'arrête en voyant soudain voler en travers de mon chemin une grosse pierre qui atteint la chamelle à la tempe. Les enfants éclatent de rire, le garçon se frotte les mains pour en éliminer la poussière, à la suite de quoi tous deux disparaissent à l'intérieur de la maison.

Je rejoins Amar en courant, suivi de près par Amma.

– Est-ce qu'elle va bien ? je demande.

J'ai beau détester Moti, ça m'embêterait qu'elle soit blessée. Ce n'est qu'une bête, comment pourrait-elle savoir qu'il ne faut pas brouter ces buissons ?

Amar continue à tirer, et la chamelle à lui résister violemment. D'une main, j'attrape la corde pour l'aider et, de l'autre, je caresse l'encolure de Moti. La corde rugueuse me brûle la paume à force de glisser entre mes doigts, mais Moti finit par se calmer. Avant que j'aie le temps de m'écarter, elle me nettoie la joue d'un grand coup de langue baveuse.

– Mais pourquoi fait-elle ça ? je rouspète en m'essuyant avec ma manche.

– Je ferais bien de l'emmener au marché, dit Amar à ma mère.

– Oui, ça vaudrait mieux.

Amma jette un coup d'œil vers la maison, puis s'adresse de nouveau à notre voisin :

– Je peux encore passer quelques minutes avec Hastin, il vous rejoindra ensuite au marché avec le rickshaw. Merci infiniment de me l'avoir amené. Si vous voulez bien revenir dans la soirée, j'aurai plus de temps pour parler avec lui.

Le voyage de l'aller m'a tellement scié les jambes que je me sens incapable de remonter sur le rickshaw, mais je ne discute pas. Amar m'explique comment me rendre au marché, après quoi il s'en va avec Moti.

Je contemple la façade de l'immense maison aux fenêtres garnies de rideaux rouge et or. Je commence à les compter, mais je perds vite le fil. Je demande à Amma :

– C'est laquelle, ta chambre ?

– Oh, je ne loge pas dans cette maison ; j'y travaille, c'est tout.

Amma regarde rapidement par-dessus son épaule, puis me prend par la main et me conduit à l'autre bout de la grande cour.

– Avant que je me remette à la tâche, je vais te montrer où j'habite.

Je l'interroge en cours de route :

– Comment va Chanda ? Est-ce que je peux aller la voir ? Est-ce qu'elle rentrera bientôt à la maison ?

– Non, pas tout de suite. Elle est encore trop faible pour recevoir des visites ou quitter l'hôpital.

– Mais est-ce qu'elle va mieux ?

Nous nous arrêtons devant une cahute. Amma me serre la main en soupirant :

– Les médecins gardent bon espoir.

D'après les écailles de peinture qui s'accrochent encore aux murs, on devine que cette pauvre bicoque a été blanche autrefois. Amma tourne la poignée et ouvre la porte d'un coup d'épaule. Le soleil, en balayant le sol, fait fuir une armée d'insectes.

– C'est plus petit que chez nous, dis-je, une fois entré.

– Oui, mais il n'y a que moi ici. C'est bien assez grand pour une seule personne.

– Combien sont-ils dans la grande maison ? Ils n'ont pas de place pour toi là-bas ?

– Si, bien sûr. Il n'y a que Sharmaji, son épouse et leurs deux enfants. Mais les domestiques n'habitent pas sous le même toit que les patrons, c'est comme ça. Je suis très bien, je t'assure.

Une couverture à même le sol en terre battue fait office de lit. Dans un coin de la pièce, un sari trempe dans un seau d'eau.

Cela ne va pas du tout. Je m'étais imaginé qu'Amma serait bien traitée, qu'elle serait nettement mieux logée que chez nous. J'avais peur que Chanda et moi, on ne puisse pas se débrouiller sans elle. Je n'avais pas pensé à ce que sa vie serait sans nous.

– Il fait une chaleur à mourir, lui fais-je remarquer.

Chez nous, les fenêtres sont de simples ouvertures qui laissent entrer le vent frais du désert. Ici, l'unique fenêtre est bouchée par un vitrage trouble.

– On peut l'ouvrir ?

– Non, elle est coincée. Mais ce n'est pas très grave.

Amma continue de parler pendant un moment, puis elle s'effondre en se cachant le visage. Je m'assieds à côté d'elle et prends ses mains dans les miennes.

– Je vais te sortir d'ici, lui dis-je.

Elle effleure ma joue du bout des doigts, douce caresse d'une main rugueuse.

– Il faut bien que je rembourse Sharmaji, Hastin.

– Je trouverai une autre solution pour lui rendre son argent, comme ça tu pourras rentrer plus tôt que prévu. Je ne veux pas que tu travailles pour ces gens.

Amma détourne les yeux et fixe le sol. Soudain, une voix perçante brise le silence.

– Où est passée cette bonne ? Qu'est-il arrivé à mon cygne ?

Je demande à ma mère :

– Ils crient tous comme ça dans cette famille ?

Amma se relève d'un bond et arrange les plis de son sari.

– C'est la femme de Sharmaji, il faut que j'y aille. Tu repasseras me voir avant de rentrer au village ?

– Bien sûr. Mais je suis sérieux, Amma : je trouverai le moyen de te faire partir d'ici.

Elle m'embrasse sur le front.

– Ne dis pas de bêtises, Hastin. À ce soir.

Je me dresse sur la pointe des pieds pour regarder par la fenêtre. Au moment où ma mère se présente à la porte de la grande maison, la femme de Raju l'empoigne par le bras et la tire brutalement à l'intérieur.

Amma ne peut pas continuer à vivre de cette façon. Les mains tremblantes, je referme la porte de la masure et je cours vers la rue qui mène au marché.

4

« Il arrive parfois qu'un éléphant orphelin
ne soit pas accepté par une autre harde. »
Les éléphants de la jungle, Tin San Bo

Comme il m'est moins pénible de marcher que de pédaler, je décide de laisser le rickshaw sur place et de venir le rechercher plus tard. Il fait tellement chaud et sec, qu'après avoir longé quelques pâtés de maisons, j'ai une soif terrible. J'aurais dû prendre une gourde d'eau dans le panier de Moti avant le départ d'Amar, mais c'est un peu tard pour y penser.

Quand j'arrive enfin à destination, je m'arrête pour contempler l'immensité du marché. Aussi loin que porte mon regard, ce n'est qu'une longue succession d'étalages. Certains vendeurs ont des boutiques, d'autres des stands. Les plus modestes exposent leur marchandise sur une table ou sur une couverture étalée par terre. Une fois, j'ai accompagné Baba au marché. Nous nous étions installés dans un coin, à même le sol, pour vendre ses sculptures. Aujourd'hui que j'y viens seul, le marché me paraît dix fois plus vaste. Repérer Amar au milieu de cette foule risque d'être plus compliqué que prévu, mais j'ai toutes les chances de trouver du travail.

Parmi les gens qui déambulent, je remarque des hommes coiffés d'un turban ou de couvre-chefs divers et variés. Certaines personnes portent des vêtements que je n'ai encore jamais vus ; ils ont la peau si pâle qu'ils ressemblent à des fantômes. Des chèvres, des moutons et des vaches d'un blanc grisâtre vagabondent dans les rues ou se reposent à l'ombre.

Des étoffes et des saris aux couleurs inimaginables pendent à la devanture d'une échoppe. Les saris d'Amma auraient l'air bien fanés et rustiques à côté de ceux-là. Je pourrais peut-être me faire embaucher pour plier les tissus et aider les clients ? Alors que je tends la main pour tâter la soie d'un sari, la propriétaire de la boutique me donne une tape en me criant dessus. Je bats prudemment en retraite.

Un peu plus loin, une multitude de bols en métal remplis de cannelle, de curcuma et de différents aromates occupent une longue table. Juste à côté, une femme broie des épices dans un mortier à l'aide d'un pilon. La force du piment me pique le nez.

Sur le stand suivant, des statuettes en bois peint attirent mon attention. Il y a là Ganesh et d'autres dieux, ainsi que toutes sortes d'animaux – éléphants, tigres, chameaux, etc. Les sculptures les plus imposantes sont aussi grandes que moi, les plus petites ne dépassent pas la taille de mon pouce. Je saisis sur la table un minuscule éléphant peint en jaune. La surface du bois est lisse, mais je note qu'elle aurait pu être mieux polie à certains endroits. Et peut-être que la trompe aurait pu être plus détaillée…

Je manque de lâcher la statuette en m'apercevant que le vieux sculpteur assis derrière l'étal m'observe fixement. L'espace d'une seconde, je crains d'avoir critiqué son travail à voix haute, mais l'homme me sourit et me tend un coffret en bois qui tient juste au creux de ma paume. Des éléphants en file indienne décorent les quatre côtés, et un plus gros le couvercle.

– Ouvre et regarde à l'intérieur, me dit le sculpteur.

Une fois le couvercle soulevé, je découvre de minuscules éléphants pas plus gros que l'ongle de mon petit doigt. Je n'ose imaginer le temps qu'il a fallu pour en sculpter ne serait-ce qu'un seul ! Je m'approche pour vider le contenu de la boîte sur la table et dispose les mini-éléphants à la queue leu leu. Je m'empresse de les couvrir avec les mains en sentant un brusque coup de vent.

Ce coffret ferait un cadeau idéal pour Chanda. Je vois déjà son sourire en l'ouvrant.

Je range les éléphants un à un dans leur boîte. Je me sens aussi minuscule qu'eux à la pensée de ne pas avoir les moyens d'offrir un cadeau à ma sœur.

– Vous êtes un bon sculpteur, dis-je au vieil homme. *Mais pas aussi bon que Baba.* Mon père était sculpteur sur bois, lui aussi.

L'homme ne répond pas mais continue de sourire tout en arrangeant ses statuettes sur la table.

– Je l'aidais souvent, j'ajoute. Il m'a enseigné les bons gestes. D'après lui, j'apprenais vite.

Je me dirige vers l'autre partie du stand. Les couleurs sont belles et les objets bien peints, mais je préfère le bois naturel. Les éléphants que sculptait Baba avaient l'air tellement vivants que je les entendais presque barrir et avancer à pas pesants dans la jungle.

– Vous recherchez peut-être un assistant ?

Je retiens mon souffle en attendant la réponse et fais semblant de m'intéresser à une figurine de tigre orange vif.

– Mes fils travaillent pour moi, je n'ai pas besoin d'aide. Ils sont presque aussi bons artisans que moi.

Pour cacher ma déception, je m'empresse de tourner les talons et de me fondre dans la foule.

Tout en suivant le flot des clients et des badauds, j'aperçois des bijouteries étincelantes de bracelets d'or et d'argent, ainsi que des échoppes où des femmes et des filles de mon âge tissent des paniers.

Je m'arrête à chaque magasin pour tenter de convaincre le patron de mes talents d'artisan menuisier, de balayeur ou de trayeur de chèvres.

– Non, va-t'en, je n'ai besoin de personne.

– Ici, toute la famille travaille au magasin.

– Je n'aurais pas de quoi te payer.

La plupart des marchands me font signe de déguerpir, sans un mot.

Le ciel se teinte de rose et d'orange à mesure que le jour baisse. Tout le monde fermera boutique avant la tombée de la nuit. J'aimerais retenir le soleil à bout de bras pour avoir plus de temps.

Je me mets à courir d'un magasin à l'autre, dans un mélange étourdissant de couleurs, d'odeurs et de bruits. Je ne fais même plus attention aux étals, je suis prêt à accepter n'importe quel travail. Je me concentre sur la figure des commerçants, en me disant : *Celui-là va peut-être m'embaucher, et tout ira bien.* Je tiens à ce qu'ils me regardent en face, eux aussi, pour qu'ils comprennent combien c'est important pour moi et ma famille. Malheureusement, pas un ne pose les yeux sur moi.

Arrivé au bout du marché, je fais une pause pour reprendre mon souffle. Une odeur de friture m'attire vers une marchande de samoussas. Elle verse une cuillerée de farce au milieu d'un carré de pâte, dont elle replie les bords pour former un triangle. Sitôt son plateau rempli de beignets, elle le tend à son mari qui les saisit à l'aide d'une écumoire, puis les plonge dans une marmite posée sur le feu. Je commence à saliver en voyant les samoussas danser et s'entrechoquer dans leur bain d'huile bouillante. Lorsqu'ils sont dorés à point, l'homme les enlève et les met dans des corbeilles garnies de papier.

– Tu aimes les samoussas ? me demande la femme.

– Oui !

– C'est dix roupies.

Je fouille mes poches comme s'il allait en surgir une pièce depuis longtemps oubliée. De crainte d'un nouveau refus, je renonce à vanter mes talents de cuisinier. C'est alors que je repense à ma mère – à son œil au beurre noir, à son misérable logement, aux cris de sa patronne et de ses enfants.

– Je pourrais vous aider à vendre vos samoussas, dis-je à la femme qui s'affaire de nouveau en cuisine. J'en prends un grand panier, je les propose sur le marché et je vous rapporte l'argent gagné.

La femme éclate de rire.

– Parce que tu crois que je vais confier nos samoussas à un gamin que je ne connais pas ?

– Alors je peux vous aider à les faire. À deux, ça irait plus vite et ça vous soulagerait un peu. Je ne vous demande rien pour l'instant, vous me paierez une fois que j'aurai fait mes preuves. Vous verrez, je suis un bon travailleur.

– Regarde comme c'est petit, ici ! On a à peine la place de bouger !

La femme se remet à son travail.

Où aller à présent ? Je m'assieds par terre et m'adosse au mur, face à la longue enfilade de magasins et d'échoppes. Les commerçants sont en train de remballer leurs marchandises. Certains, les bras chargés de caisses, grimpent les quelques marches qui conduisent à leur logis, juste au-dessus de la boutique.

Un tintement de verre me fait tourner la tête. Un garçon légèrement plus jeune que moi remonte la rue avec un casier en fil de fer contenant huit verres à thé. Il a beau marcher vite, pas une seule goutte ne s'échappe des deux verres encore pleins. Le marchand et la marchande de samoussas l'accueillent avec un grand sourire. Il leur tend un verre de thé à chacun. Je suis du regard les pièces qui passent de la main du client à celle du vendeur, qui les empoche aussitôt. Puis l'homme sort encore deux pièces que le garçon glisse dans son autre poche. Ils bavardent ensemble tout en buvant leur thé et, une fois leur verre vide, le rendent au garçon qui s'empresse de repartir avec son casier et disparaît au coin d'une ruelle. Je me lève et me dépêche de le suivre.

5

« Il est plus facile de dresser un éléphant
avec des mots que par la force. »
Les éléphants de la jungle, Tin San Bo

De rue en rue, je piste le jeune marchand de thé à travers le marché. À un moment, je passe devant un groupe d'enfants qui cassent un *chapati* en petits morceaux pour se le partager. Le temps de les regarder, je perds de vue mon vendeur. Je descends la rue en courant et, à bout de souffle, je m'arrête à un croisement. À droite, rien que des vaches, quelques clients et des commerçants qui s'apprêtent à rentrer chez eux. Après avoir scruté la foule clairsemée, je fonce vers la gauche... et me cogne violemment contre le marchand de thé, qui perd l'équilibre en lâchant un juron.

Cloué sur place, je le vois tomber comme au ralenti. Il se cramponne des deux mains à son casier, le pousse devant lui, puis s'étale de tout son long dans un nuage de poussière et un tintement de verres. Nous examinons tous deux le casier, et je soupire de soulagement en constatant qu'il n'y a pas de casse.

Je lui tends la main pour l'aider à se relever.

– Excuse-moi !

Le garçon m'ignore et se redresse lentement avant de ramasser son casier.

Je fixe mes souliers.

– Je suis désolé, je ne regardais pas devant moi et...

– Eh bien, tu ferais mieux de faire attention ! Si je casse des verres, c'est pour ma poche.

– Tout va bien ?

Le garçon s'époussette à la va-vite et inspecte chaque verre de près.

– C'est bon, rien de cassé. Et de mon côté non plus.

– Je m'appelle Hastin.

– Moi, c'est Youssouf.

– Depuis ce matin je cherche du travail, mais tout le monde m'envoie balader. Quand je t'ai vu vendre du thé, j'ai pensé que je pourrais faire la même chose... si tu m'indiquais où aller.

– Je ne connais personne qui cherche un vendeur ambulant.

– Pourtant il faut que je trouve quelque chose – n'importe quoi !

Tout en marchant dans la rue, j'explique à Youssouf les raisons qui m'ont amené en ville – la maladie de Chanda, Amar et Moti, l'emploi de ma mère chez les Sharma.

– Même si quelqu'un t'avait embauché aujourd'hui, me répond Youssouf, pour gagner quatre mille roupies, il faudrait que tu travailles pendant...

Il se met à compter sur ses doigts.

– ... très, très longtemps, abrège-t-il.

Quelques magasins sont restés ouverts. Près d'un étal rempli de bocaux de mangues marinées, l'air se charge d'une odeur pimentée. La marchande émince des mangues et des citrons verts, qu'elle jette ensuite dans une marmite d'huile de moutarde. Puis elle prend un bout de bois pour alimenter le feu sous une poêle où grillent différentes épices. Comme la fumée se dirige vers elle, elle se couvre le visage avec un coin de son sari. Ce geste me rappelle Amma.

– Ça m'est égal, dis-je.

– Au café, j'ai entendu Naresh – c'est mon patron – discuter avec un homme qui recherchait quelqu'un pour s'occuper d'un éléphant.

– Un éléphant ? En pleine ville ?

– Non, pas ici, il fait trop sec et trop chaud. Tu aimes les animaux ?

– Oui, sauf les chameaux.

– Ça doit être chouette, comme travail ! La vie dans la jungle, tout ça. Et Timir – c'est le propriétaire du cirque – pense que les gens viendront du bout du monde pour assister à son spectacle d'éléphant. S'il est encore au café, parle-lui de ce boulot. Moi, je dois rapporter les verres et l'argent à Naresh.

– L'argent ? Mais c'est toi qui vends le thé dans la rue. Pourquoi tu devrais le payer ?

– Je ne lui donne pas tout, mais comme c'est lui qui achète et qui fait le thé, il se garde la plus grosse part. Et chaque fois que je casse un verre – oh là là ! je n'ose pas calculer ce que ça m'aurait coûté s'ils s'étaient tous brisés quand tu m'es rentré dedans.

Soudain, je m'arrête et reviens quelques pas en arrière pour regarder dans la rue que nous venons de dépasser.

– Attends, voilà Moti !

– La chamelle ? Je croyais que tu la détestais, me dit Youssouf en me rejoignant.

– Oui, mais l'homme derrière elle, c'est peut-être Amar.

En m'avançant, je découvre effectivement mon voisin en train de négocier le prix de Moti avec un client. Du bras, j'empêche Youssouf de s'approcher trop près du chameau, et nous écoutons discrètement la discussion en cours.

– Vingt mille roupies, c'est un bon prix pour un si bel animal, affirme Amar.

– Mais il me faudra bien le nourrir ! Je me suis séparé de ma vache parce qu'elle me coûtait cinquante-cinq roupies par jour.

– Oui, mais c'était une vache, souligne Amar. Une chamelle, ça fait moins la difficile, ça se contente d'un peu de paille ou du cactus du coin à grignoter. Beaucoup plus économique ! Donnez-moi seulement dix sept mille roupies, et elle est à vous.

– Je vais réfléchir, conclut l'homme prêt à partir.

Amar le retient par la manche.

– Et le lait ? Je vous ai parlé de son lait ? Bien supérieur au lait de vache ! Certains disent même que le lait de chamelle a des vertus curatives ! Vous en aurez largement assez pour votre famille, et le reste, vous le vendrez. Pour vous, c'est tout bénéfice ! Allez, seize mille roupies, c'est mon dernier prix.

– Il est fort, murmure Youssouf.

– Je ne peux débourser que treize mille, annonce le client.

Nous rions en voyant Amar s'étreindre le cœur d'un air horrifié.

– Treize mille ?

Il secoue la tête.

– Non, je ne peux pas vous la laisser à ce prix-là, c'est une misère. Citez-moi un autre animal capable de vous transporter d'un bout à l'autre du désert sans s'arrêter une seule fois pour boire.

Amar agite les mains devant lui, en direction d'un désert imaginaire.

– Quinze mille. Je ne peux pas faire mieux.

L'homme soupire. Dans l'attente de sa réponse, Amar se penche en avant. Youssouf et moi, on se penche aussi. Même Moti fixe l'homme avec attention, comme si elle était impatiente de connaître sa décision.

Juste au moment où je crois qu'il va s'en aller, l'homme plonge la main dans sa poche.

– Entendu pour quinze mille, lâche-t-il en sortant une liasse de billets.

Les deux hommes échangent une poignée de main, puis le nouveau maître de Moti prend la corde et s'éloigne avec la chamelle.

– Ah, te voilà ! s'écrie Amar en s'apercevant de ma présence.

– Je vous présente Youssouf, dis-je. Il va me montrer où il travaille. Est-ce qu'on peut se retrouver un peu plus tard devant la maison de Raju Sharma ? J'ai laissé le rickshaw là-bas.

– D'accord, mais ne traîne pas trop.

Nous voici enfin devant le café de Naresh. Une statue souriante de Ganesh, un verre de thé à la main, trône dans la vitrine. Dès que Youssouf pousse la porte, le carillon d'une cloche à vache annonce notre arrivée.

Quelques clients assis à des tables rondes boivent du thé en bavardant. Au fond de la salle, un homme essuie le comptoir avec un vieux chiffon tout en discutant avec le client de la table voisine. Il flotte ici une odeur d'épices, de pain chaud et de thé qui infuse. Les gargouillements de mon ventre me rappellent à quel point j'ai faim.

Youssouf se dirige vers le comptoir et me fait signe de le suivre. Après avoir posé son casier, il sort l'argent de sa poche gauche et le remet à l'homme – probablement Naresh, le patron. Youssouf ne touche pas à sa poche droite, où il garde ses pourboires. Naresh encaisse pratiquement tout l'argent, puis tend quelques pièces à Youssouf.

– C'est ton ami ? demande-t-il en pointant le menton vers moi.

Youssouf me présente alors à son patron ainsi qu'à Timir, le client de la table d'à côté. J'ai l'impression d'être en face d'une tête de mort : son visage osseux est tellement pâle qu'il n'a pas dû voir le soleil depuis des années. Il doit être un peu plus vieux que ma mère. Ses longs cheveux et sa barbe noire sont parsemés de gris, mais la main qui s'appuie sur le pommeau d'ivoire de sa canne a l'air aussi douce et lisse que la peau d'un veau nouveau-né. Le soleil qui entre par la fenêtre fait étinceler sa grosse bague en or sertie d'une pierre rouge.

– Hastin cherche du boulot, déclare Youssouf.

– Oui, pour permettre à ma mère de rentrer à la maison, dis-je. Elle travaille pour un certain Raju Sharma.

– Et comment un gamin comme toi compte-t-il s'y prendre pour délivrer sa mère de Raju Sharma ? lance Timir.

J'évite de regarder la tasse de thé fumant sur la table. J'en baverais d'envie si je n'avais pas la bouche aussi sèche.

– Elle travaille chez lui parce que ma petite sœur est malade et qu'il lui a avancé l'argent pour l'hôpital. Si je trouve un emploi, je pourrai l'aider à rembourser, et elle sera libérée plus tôt.

Mon ventre se met à gargouiller de plus belle.

Timir sourit.

– Naresh, apporte une tasse de thé aux garçons. Et une corbeille de samoussas.

D'un geste, il nous invite à nous asseoir à sa table.

– Mais dis-moi, poursuit-il, si ta sœur sort de l'hôpital, comment se débrouillera-t-elle si vous travaillez tous les deux, ta mère et toi ?

Je n'y avais même pas pensé ! Si je travaille, il n'y aura personne pour s'occuper de Chanda en attendant qu'on ait enfin fini de rembourser Raju Sharma.

– Nous habitons un tout petit village, nos voisins prendront soin d'elle.

J'ai tenté de prendre un ton ferme, comme si le problème était réglé d'avance, mais ma réponse se termine en point d'interrogation.

– Je compte embaucher quelqu'un, lâche Timir. Dans le temps, j'ai dirigé un cirque et j'ai envie d'en remonter un autre, en commençant par un numéro d'éléphant. Je cherche un soigneur pour l'animal. Mais c'est un dur métier ! Est-ce que tu as de l'expérience dans ce domaine ?

– C'est le grand spécialiste des chameaux, intervient Youssouf.

– Combien ta mère doit-elle à Sharmaji ? demande Timir.

– Quatre mille roupies, dis-je.

– Ça fait beaucoup.

Timir prend une gorgée de thé.

Je réplique :

– Je viens de voir un homme payer quinze mille roupies pour une chamelle.

L'ancien directeur de cirque éclate de rire.

– C'est un prix correct. Si j'étais en train de parler avec un chameau à l'heure actuelle, je lui offrirais la même somme !

Je baisse les yeux.

– Mais le travail que je te propose te rapportera davantage que n'importe quel petit boulot par ici. Et puis, c'est l'aventure ! (Timir se penche en avant.) Imagine-toi, vivre en pleine jungle ! Plus de sable du désert dans les yeux.

Il s'interrompt, le temps que Naresh dépose les tasses de thé et les samoussas sur la table.

– Et pense un peu à tous les gens qui viendront assister au spectacle, glisse Youssouf.

– C'est vrai ! appuie Timir. Ils viendront des quatre coins du monde pour voir notre éléphant faire le poirier, enjamber des cerceaux, et plein d'autres numéros. Sans compter les promenades sur son dos. Et toi, tu auras le poste le plus important : t'occuper de la vedette du cirque !

J'adresse un sourire à Youssouf, puis à Timir.

– Comment s'appelle l'éléphant ?

Je croque un samoussa du bout des dents pour éviter de me brûler la langue avec la farce.

Timir jette un coup d'œil par-dessus son épaule avant de répondre :

– Il faut d'abord qu'on en attrape un. Ce sera ta première tâche, une fois que tu seras sur place.

– Vous voulez que je capture un éléphant ?

– Chuuut ! Idiot !

Timir s'avance si près que je ne peux échapper à son regard perçant.

– Garde ça pour toi.

Il se laisse à nouveau aller contre le dossier de sa chaise, mais continue de parler à voix basse :

– J'ai engagé des ouvriers pour creuser un piège dans la jungle. Tu iras le vérifier chaque jour et tu me préviendras dès qu'un éléphant sera tombé dedans.

Je ne suis pas emballé à l'idée de capturer un éléphant sauvage, mais comment travailler comme soigneur si je n'ai pas d'éléphant ?

– Je crois que vous serez content de moi, finis-je par déclarer. Et... combien me paierez-vous ?

Timir se met à contempler le plafond du café.

– Comme je te l'ai dit, la tâche sera rude, et tu resteras longtemps loin de chez toi. Cinq mille roupies, ça me semble une somme convenable.

Je sens mes yeux s'écarquiller comme des soucoupes. Je m'empresse de tourner la tête en espérant que Timir ne s'est pas aperçu de ma stupéfaction. Mine de rien, je fixe un point sur le mur et fais semblant de réfléchir à la proposition. Du coin de l'œil, je saisis le sourire de Timir. Youssouf se penche vers moi et me décoche un coup de pied sous la table.

Timir ajoute :

– Bien entendu, tu seras nourri et logé.

Je hoche la tête.

– Cinq mille roupies. Oui, ça ira. J'accepte.

Je bois une gorgée de thé.

– Tu es sûr que tu pourras te passer de ta famille pendant un an ? C'est long, tu sais.

Je manque d'avaler de travers. Je n'ai même pas pensé à demander combien de temps il me faudrait travailler pour gagner une telle somme.

– Un an ?

Mes doigts se referment sur la pierre au fond de ma poche.

– Oui. Tes services me coûteront beaucoup d'argent. Combien vaut une année de ta vie ? Bien moins ! Maintenant, si tu n'es pas décidé...

– Si, si, c'est très bien. Et puis, je retournerai à la maison de temps en temps, n'est-ce pas ?

– Le cirque est trop loin. Et de toute façon, tu auras bien trop à faire pour pouvoir t'absenter. Mais tu as raison, je ne devrais pas exiger d'un garçon aussi jeune de quitter sa mère pendant un an. J'en trouverai facilement un plus âgé et mieux adapté à ce travail, ce n'est pas la main-d'œuvre qui manque !

Timir se lève et empoigne sa canne.

– Non, s'il vous plaît !

Je renverse ma chaise en bondissant sur mes pieds.

– Inutile de vous adresser à quelqu'un d'autre, je prends ce travail, j'en ai vraiment envie.

– C'est une lourde responsabilité, dit Timir. Si je t'engage, je dois pouvoir compter sur toi, être sûr que tu ne feras pas d'histoires pour rentrer dans ton village.

– Non, c'est promis. Je me sens de taille à le faire. Seulement, je m'inquiète pour ma mère, elle va tellement s'ennuyer de moi.

Timir s'approche et me regarde droit dans les yeux. Je sens se hérisser les poils de ma nuque.

– Honnêtement, ta mère n'oserait jamais te le dire, mais pense à cet autre avantage : une bouche de moins à nourrir !

Il se redresse de toute sa hauteur et me tend la main.

– Alors ? Marché conclu ?

Je serre la main de mon patron. Ses longs doigts s'enroulent avec force autour des miens, et le métal de sa bague me rentre dans la chair.

Juste avant que Timir parte, je demande :

– Et Sharmaji ?

– Je m'en charge. Rentre chez toi et prépare tes affaires. Je ramènerai ta mère demain matin et je t'embarquerai dans la foulée.

Après avoir remercié Youssouf, je lui dis au revoir, ainsi qu'à Naresh, puis je sors du café.

Malgré mon épuisement, je commence à descendre la rue en courant, impatient d'annoncer la bonne nouvelle à Amma. *Tu rentres à la maison!* Finalement, j'ai trouvé le moyen d'aider les miens. Rien qu'à cette idée, je me sens déjà plus grand.

De bonne heure le lendemain matin, me voilà assis dans un camion pendant que Timir discute avec ma mère.

– Ne vous inquiétez pas, Parvati. Je prendrai bien soin de votre fils. Il sera heureux là-bas, croyez-moi.

– Accordez-nous encore une minute, je vous en prie, enchaîne Amma en essuyant ses larmes.

Nous nous sommes déjà dit au revoir plusieurs fois, mais elle s'approche à nouveau de la portière et, par la vitre baissée, me glisse quelque chose dans la main.

Je sens le manche en bois poli du canif de mon père. Celui dont il se servait pour sculpter.

– Tu es sûre, Amma ?

– Baba voulait qu'il soit pour toi. Je le gardais pour quand tu serais plus grand, mais...

– Merci. J'y ferai très attention.

– Bon courage, mon fils. Travaille bien et obéis à Timir.

Amma lâche ma main et s'écarte du camion.

– À l'année prochaine, Hastin.

Au moment où le camion démarre, Raj s'élance à son côté en aboyant. Par la vitre arrière, je regarde

Amma, debout au milieu de la route. Au fur et à mesure que nous nous éloignons, sa silhouette rapetisse et son visage se réduit à un point couleur cannelle, auréolé de son sari vert qui flotte dans le vent.

6

« Entre six et quinze ans, les éléphants mâles
apprennent à se débrouiller seuls,
à l'écart de la harde. »

Les éléphants de la jungle, Tin San Bo

Le sac en tissu posé sur mes genoux contient tout ce que je possède, à l'exception de la pierre de Baba, que j'ai sortie de ma poche. Le soleil est tellement vif à présent que je dois mettre ma main en visière pour me protéger les yeux.

Pendant le trajet, Timir n'arrête pas de se vanter à propos du cirque qu'il dirigeait.

– Un spectacle d'éléphant, c'est le premier pas pour le faire revivre. C'était le meilleur de tous les cirques à la ronde. J'avais monté des numéros d'animaux formidables – des ours qui faisaient du vélo, un autre qui dansait en tutu rose. On avait aussi des tigres et des lions, sans compter les clowns !

– Des clowns ?

– Oui, ces bonshommes maquillés qui se font des blagues...

– Maquillés ?

– Ben oui ! Tu sais bien : comme les femmes, mais beaucoup plus.

Je secoue la tête.

– Tu as déjà vu des femmes maquillées à la télévision, quand même ?

Je n'ai jamais regardé la télévision.

– Non, dis-je. Mais ces clowns, ils portaient des tutus, comme vos ours ?

– Mais non ! Tu n'y es pas du tout ! s'esclaffe Timir en tapant sur le volant.

– Les clowns, m'explique-t-il, se déguisent avec de drôles d'habits et ils se jouent des tours pour faire rire le public. Quant aux singes – des animaux qui ont des bras et des jambes, comme les humains, mais en beaucoup plus petits...

– Je sais ce que c'est qu'un singe.

Comme mon patron me prend déjà pour un crétin, je n'ose pas lui demander si les singes étaient habillés, eux aussi. Tout en regardant par la fenêtre, je continue à écouter Timir parler de ses trapézistes, de ses acrobates et de ses funambules.

Là encore, je me retiens de poser des questions. Surtout celle qui me brûle les lèvres : si ce cirque était aussi fantastique que ça, pourquoi a-t-il fermé ?

Nous laissons derrière nous les sables du désert. Peu à peu, le paysage vire du beige au vert. D'abord quelques arbres solitaires, ici ou là ; puis d'autres, de plus en plus rapprochés. Ils sont à présent si nombreux et si serrés qu'ils forment comme un immense rempart de verdure de chaque côté de la route.

Bien plus tard, Timir s'engage dans un chemin et se gare le long d'une clôture en fil de fer barbelé qui entoure une grande clairière.

– Nous y sommes !

Il ouvre la portière, descend du camion. Je l'imite et, mon sac de toile sous le bras, je lui emboîte le pas. Après avoir franchi un portail en bois, le maître des lieux me conduit vers un enclos tapissé de hautes herbes brunes et encerclé d'une barrière à moitié pourrie, assaillie par des plantes grimpantes. Il manque tellement de piquets à cette barrière qu'elle me fait penser à une bouche de vieillard édenté.

Autour de nous, la forêt est si dense qu'elle cache toute la vue.

D'un geste ample, Timir me désigne des bancs vermoulus et des cordes effilochées pendant à de hauts poteaux. Il est aussi fier qu'un père présentant son dernier-né.

Il doit y avoir erreur. Ça ne peut pas être l'endroit qu'il m'a vanté pendant tout le voyage.

– C'est... votre cirque ?

– C'était.

Il se tourne face à moi.

– Mais il va renaître ! Le numéro d'éléphant, c'est un début. Avec l'argent gagné, nous monterons d'autres numéros jusqu'à ce que le cirque tourne à plein régime !

Il grimpe sur un banc qui s'écroule aussitôt sous son poids. Après avoir repris son équilibre, il jette un regard mauvais aux planches, comme s'il leur en voulait d'avoir cédé.

– Tu te chargeras de fabriquer de nouveaux bancs avant notre premier spectacle, me dit-il.

Puis il pointe l'index sur la barrière.

– Il faudra aussi me réparer ça. Maintenant, suis-moi.

Timir s'éloigne de l'enclos et, à travers des arbres disséminés, me conduit jusqu'à un bâtiment qui ressemble à la masure où vivait Amma, derrière la maison de Raju. Celle-ci est plus grande, mais en bois, avec un toit plat et une peinture blanche tout écaillée. À l'intérieur, il y a juste une table jonchée de papiers et un divan marron contre un mur.

– Mon bureau, annonce Timir. Interdit d'y entrer sans ma permission. Je t'appellerai quand il faudra faire le ménage ou si j'ai quelque chose à te reprocher.

Il me fixe en souriant et pose une main sur mon épaule.

– Mais j'espère que je n'aurai pas à me plaindre de toi, hein ?

Ce sourire me donne envie de reculer, mais la poigne de Timir est si forte que je reste cloué au sol. Comme j'ai la gorge trop serrée pour parler, je me contente de répondre en secouant la tête.

– Bien ! Voilà un garçon intelligent.

Je me masse l'épaule dès que Timir me lâche et me tourne le dos.

– Viens, je vais te montrer les cuisines.

Nous nous arrêtons devant une grande bâtisse tout en longueur, fermée sur trois côtés seulement. Le toit de paille et les murs en pisé me rappellent ma maison. Je me demande si c'est ici que je vais dormir.

Un vieil homme est en train de pétrir de la pâte à pain sur un plan de travail encombré de pots à épices. À côté de lui, un four en terre crache sa fumée par un tuyau qui traverse le toit. L'autre bout de la pièce est occupé par une longue table en bois, encadrée de part et d'autre par un banc.

Timir me désigne le vieil homme.

– Chaque jour, tu aideras le cuisinier à préparer les repas et à nettoyer la cuisine.

Je ne vois pas comment j'aurai le temps de m'occuper d'un éléphant entre le ménage, la cuisine, les réparations de la clôture et la construction des bancs de cirque.

Le cuisinier lève les yeux.

– Ne Min, me dit-il avec un sourire et un léger signe de tête.

– Moi, c'est Hastin.

Ne Min est à peine plus grand que moi, mais ses cheveux sont blancs et clairsemés. Les rides en éventail au coin de ses yeux se sont sûrement formées à force de sourire, pourtant je trouve que son regard a quelque chose de triste.

– D'où venez-vous ?

Je lui pose la question car je n'ai jamais entendu un nom ni un accent pareils.

– De Birmanie, m'apprend-il. Mais c'était il y a bien longtemps.

Il se remet à malaxer la pâte. Oui, il y a vraiment en lui un fond de tristesse. Je me demande ce qui l'a amené à s'exiler aussi loin de chez lui.

Derrière la cuisine, Timir me montre une remise en bois où sont entreposés les outils et les produits d'entretien. De ce côté-ci, la clôture en fil de fer barbelé est percée d'un autre portail, nettement plus étroit que celui par lequel nous sommes arrivés. Il donne sur un sentier de terre qui s'enfonce dans la forêt. Un camion blanc éclaboussé de boue est garé en bordure.

– Maintenant, allons voir ta chambre, lance Timir.

Nous dépassons une rangée de cages rouillées, puis nous nous arrêtons devant une cabane en rondins nettement plus haute que les autres bâtiments. Je remarque un abreuvoir, un seau en fer accroché à côté et des bottes de foin empilées les unes sur les autres le long du mur.

– Je parie que c'est la première fois que tu vois une éléphanterie, reprend Timir en ouvrant la porte.

Je hoche la tête, puis glisse un œil à l'intérieur. C'est une sorte de grande étable ; quatre vaches y tiendraient largement. Dans un coin, une couverture grise est jetée sur un matelas de paille.

Timir me désigne un clou planté dans la cloison.

– Tu accrocheras ton sac là, dit-il.

– Parce que c'est ici que… que je vais dormir ?

– Évidemment. Un *mahout*[1] habite toujours avec son éléphant. Tu dois être à même de veiller sur lui de jour comme de nuit.

Au moment où je grimpe sur la pointe des pieds pour accrocher mon sac au clou, une petite souris des champs détale sur le plancher. Son pelage est couleur de sable – la couleur de chez moi. J'ai envie de

---

1. Personne chargée des soins et de la conduite d'un éléphant (NDT).

prendre la petite bête dans mes mains et de lui dire qu'elle n'a pas à partir à cause de moi. J'arriverais peut-être à l'apprivoiser en lui apportant quelques miettes chaque soir ?

À travers les interstices entre les rondins, j'essaie de repérer d'autres cabanes dans les environs, mais il n'y en a aucune.

– Où dorment les autres employés ?

– Chacun rentre chez soi le soir, me répond Timir. Ne t'inquiète pas, tu ne resteras pas seul longtemps. Pour l'instant, mes ouvriers sont en forêt, en train de construire un piège pour notre nouvel éléphant. Chaque soir avant le dîner, tu sortiras par le portail près duquel je me suis garé en arrivant, tu suivras le chemin qui mène au piège et tu reviendras ensuite me dire ce qu'il en est. À part ça, tu ne dois quitter les lieux sous aucun prétexte. Et une fois l'éléphant capturé, tu n'auras plus aucune raison de sortir.

Il pointe sa canne en direction de la forêt derrière lui.

Par là, il y a la source où tu iras laver l'éléphant.

Soudain, Timir avise la souris qui renifle le sol dans un coin. D'un geste calme, il lève sa canne, puis l'abat sur la malheureuse bête dont l'échine se brise avec un léger *crac*. Horrifié, je fais un bond en arrière et reste plaqué contre la cloison. J'ai du mal à retenir les larmes qui me brûlent les yeux.

Timir lance sa canne en l'air, la reprend en main et continue comme si de rien n'était :

– Sharad, le dompteur d'éléphants, t'indiquera l'endroit exact du piège.

Si jamais je me mets en travers de son chemin, je crains que Timir m'écrase aussi facilement que la souris.

7

« La femelle la plus âgée marche à la tête de la harde, car c'est elle qui est la plus consciente du danger. »

Les éléphants de la jungle, Tin San Bo

Sharad est aussi large que haut, il me fait penser à un crapaud marchant sur les pattes de derrière. Même ses yeux sont légèrement globuleux. Ils lui donnent un petit air étonné. Lorsqu'il me parle, j'ai beau essayer de le fixer bien en face, mon regard dérive irrésistiblement vers le haut de sa tête. Il est pratiquement chauve, mais les quelques cheveux qui lui restent sont très longs, et il les coiffe en les enroulant soigneusement autour de son crâne, comme un serpent lové prêt à mordre.

Le dompteur me conduit à travers la forêt et, au bout d'un moment, s'arrête au pied d'un banian près duquel coule une rivière.

– C'est ici que tu viendras en fin de journée voir si nous avons attrapé quelque chose ou pas, me dit-il.

Nous nous tenons tous deux au bord du piège, juste sous l'arbre. Je me demande combien de temps il a fallu pour creuser un trou pareil. Un homme de bonne taille tiendrait aisément allongé dans la largeur. Sharad écarte quelques-uns des branchages qui masquent le vide. Je me penche en avant et recule aussitôt. Si je tombais là-dedans, jamais je ne réussirais à en sortir tout seul.

– L'éléphant ne va pas se faire mal en tombant ?

– C'est pour ça qu'on a mis des feuilles, me répond Sharad en désignant le fond de la fosse.

Je me rapproche prudemment. En effet, le sol est garni d'un épais tapis de feuilles.

– C'est suffisant pour amortir la chute, poursuit Sharad en remettant les branchages en place. Si un troupeau arrive pendant que tu es là, écarte-toi de sa route et observe-le du haut d'un arbre. D'ici un jour ou deux, on devrait avoir notre éléphant.

Le jour où Sharad m'a amené au piège, nous y sommes allés en camion et le trajet n'a duré que quelques minutes. À présent que je fais le chemin à pied, je me rends compte que c'est beaucoup plus loin que ce que je croyais. J'ai l'habitude de marcher en terrain plat, pas sur des collines comme ici. Je suis obligé de m'arrêter plusieurs fois en cours de route pour reprendre haleine et me reposer les jambes.

La forêt abrite aussi des tas de bêtes qui piquent. Il y a davantage de moustiques ici que par chez moi – j'avance au milieu d'un nuage d'insectes en faisant de grands moulinets avec les bras et en essayant d'oublier que leurs piqûres pourraient me rendre gravement malade. Je suis bientôt couvert de boutons rouges, sur les mains, la figure, les chevilles, partout où la peau n'est pas protégée par mes vêtements.

L'une des branches du banian, couverte de figues, se déploie au-dessus du piège. Un éléphant adulte sera obligé de la contourner, mais un jeune passera sans problème en dessous… et foncera droit vers le trou. Exactement ce qu'a calculé Sharad.

Au moment où j'attrape une branche pour me hisser dans l'arbre, je sens quelque chose ramper sur mes doigts. Je m'écarte d'un bond et m'essuie la main sur ma chemise. Avec toutes les bestioles qui doivent grouiller dans cet arbre, je juge plus prudent d'inspecter chaque branche avant de m'y risquer à nouveau.

Une fois assuré que la voie est libre, je me décide à grimper et trouve un endroit pour m'installer confortablement en attendant le passage des éléphants. À l'aide de mon canif, je coupe un rameau pour en faire un sifflet. À mesure que la lame entaille le bois, des boucles d'écorce tombent à terre en tourbillonnant.

Après avoir entièrement épluché mon bâton, je range le canif dans ma poche et je contemple la cime des arbres. Je n'ai jamais vu autant de vert ! Chaque arbre se mêle à son voisin, on ne sait où commence l'un, où finit l'autre. Je suis complètement entouré par la végétation. Elle couvre la totalité du sol et, au-dessus de moi, la canopée s'étend en guise de ciel. C'est beau, mais cela n'a rien à voir avec mon village et les différents tons de brun qu'offrent la terre, le sable et les herbes sèches.

Je perçois la présence des éléphants avant de les voir. Des craquements de brindilles et des bruissements de feuilles me mettent sur le qui-vive. Peu après, je distingue une longue vague grise avançant en file indienne au milieu des arbres.

Quelques éléphants s'échappent du troupeau pour se jeter dans l'eau en barrissant à qui mieux mieux. Les autres restent sur la berge. Ils se roulent dans la boue ou s'attaquent aux branches d'un manguier. Ils sont si près que je les entends mastiquer les fruits et les feuilles.

Les bébés éléphants sont collés aux adultes, parfois même blottis dessous. Ce sont sans doute leurs parents, mais je me demande comment ils arrivent à s'y reconnaître ! Pour moi, ils se ressemblent tous :

rien que d'énormes masses grises les unes à côté des autres.

Deux jeunes s'aspergent mutuellement, puis entremêlent leurs trompes et s'affalent ensemble dans la rivière. Je meurs d'envie de sauter à terre et d'aller m'amuser avec eux.

Après que le troupeau a passé un bon moment à boire, à s'ébattre dans l'eau ou à engouffrer des plantes et des fruits, l'éléphant le plus imposant roule sur le flanc et se relève, couvert de boue. Il pousse un formidable barrissement, puis se dirige vers le banian. Les autres s'accordent encore une dernière douche ou une dernière goulée d'eau avant de remonter sur la berge et de lui emboîter le pas.

Tendu comme un arc, je surveille leur approche. Les adultes s'écartent de la branche basse au-dessus du piège. Les bébés les collent de si près qu'ils évitent le traquenard, eux aussi. Ce sont les éléphanteaux plus âgés qui sont en danger : ils suivent la harde, mais, contrairement aux tout-petits, ils ne restent pas dans les pattes de leur mère. Les deux que j'observe traînent en queue de peloton et se dirigent droit vers le piège. Soudain, une femelle se retourne et, en quelques grognements, leur fait comprendre d'accélérer la cadence. Je ris tout bas en voyant les deux jeunes rejoindre en courant le gros de la troupe et se ranger sagement le long de leur mère – de l'autre côté du piège. Lorsque celle-ci fait un écart pour éviter la branche, ils suivent le mouvement.

Une fois le dernier éléphant disparu de ma vue, je saute au pied du banian et prends le chemin du retour.

Avant d'aller aider à préparer le dîner en cuisine, je m'arrête au bureau de Timir. Il lève les yeux de ses papiers et pose les mains à plat sur la table, comme s'il s'apprêtait à se lever.

– Alors ? me lance-t-il.

Je secoue la tête en feignant un air désolé. Timir tape sur la table et se rencogne dans son siège. Puis il me jette un coup d'œil et me fait signe de sortir. Je ne peux m'empêcher de sourire tout le long du chemin qui mène à la cuisine.

La paille me fait un matelas confortable mais elle gratte. Je n'arrête pas de tirer la couverture de tous les côtés pour éviter son contact. Finalement, je relève mon col pour me protéger le cou.

Dans le lointain, la jungle résonne de cris d'animaux. Ça siffle, ça grogne, ça hulule, ça rugit. Plus près de moi, j'entends des choses trottiner sur le toit. Allongé dans le noir, je prends conscience de ma solitude. Une solitude que je n'avais encore jamais connue. Quand Amma a emmené Chanda à l'hôpital, je suis resté seul à la maison, mais il y avait les voisins juste à côté. Et puis, j'étais chez moi, dans un cadre familier. Les murs de pisé, le toit de chaume fait par Baba. J'avais aussi Raj, et la balle en chiffon que je m'amusais à lui lancer. J'avais Ganesh.

Je me tourne face au mur et, après avoir tiré mon canif de ma poche, je grave une entaille dans le rondin le plus proche. Cette technique me permettra de calculer les jours qui me séparent du moment où je pourrai rentrer chez moi.

Un.

Amma est sans doute en train de dormir à l'heure qu'il est, mais je me demande malgré tout si elle pense à moi. Et Chanda, comment va-t-elle ? J'aimerais pouvoir revenir en arrière, avant qu'une piqûre de moustique ne vienne bouleverser nos vies.

J'aperçois des étoiles entre deux rondins. Je me mets à les compter pour me changer les idées et oublier les bruits du dehors.

Les jours suivants, je travaille comme jamais je n'ai travaillé. Sharad me montre le bûcher, près de l'enclos du cirque. C'est là que je devrai entreposer le bois que j'aurai abattu, afin qu'il sèche en attendant qu'on l'utilise. Sharad et les autres ouvriers participent également aux réparations de la barrière et des bancs. Ils se chargent des pièces importantes, moi, des éléments plus légers. J'apporte aussi les chutes de bois à la cuisine dès que le niveau de la réserve baisse. Quand je m'arrête pour aider Ne Min, les hommes continuent de travailler. Timir, lui, reste dans son bureau. J'ignore ce qu'il fait de ses journées.

Avant chaque repas, je dois aller à la source remplir la grande bassine en métal de la cuisine. Le chemin du retour me prend un temps fou, car je suis obligé de faire de nombreuses haltes pour me reposer les bras. En plus, mes genoux se cognent à chaque pas dans la bassine, et de grandes giclées d'eau s'en échappent.

Arrivé dans la cuisine, je pose la bassine sur le fourneau et j'allume le feu. Ne Min utilise une partie de l'eau pour la cuisine, le reste sert pour la vaisselle. Ne Min ne cuisine pas du tout comme ma mère. Parfois, je ne sais même pas ce que je mange, mais mon assiette est si propre en fin de repas qu'on croirait qu'elle n'a pas servi !

L'après-midi, quand je vais inspecter le piège, je suis toujours soulagé de voir que le camouflage de branches est intact. L'autre matin, Ne Min m'a donné une tasse de farine de pois chiches pour m'en enduire, une fois à la source, afin de soulager la démangeaison de mes piqûres de moustiques. Le traitement a été efficace. Le vieux cuisinier m'a aussi remis une bouteille d'huile de *neem*. Je déteste l'odeur – ça sent un peu les œufs pourris –, mais Ne Min prétend que les moustiques ne l'aiment pas non plus. Il avait raison : maintenant ils ne m'embêtent plus.

Aujourd'hui, à mon arrivée, les éléphants sont déjà là. Je grimpe dans un manguier pour les observer. Je monte aussi haut que possible et m'installe sur une grosse branche. Soudain, le vent fait bruisser les feuilles au-dessus de moi. Par réflexe, je me couvre le visage en prévision d'une tempête de sable. J'ai encore oublié qu'il n'y a pas de sable ici. J'abaisse les mains et laisse la brise me caresser les joues.

Plusieurs éléphants s'avancent dans la rivière, remplissent leur trompe d'eau et s'aspergent le dos. Plus je les regarde, plus je me rends compte de mon erreur : ils ne sont pas tous pareils. La plupart d'entre eux sont gris foncé, mais quelques-uns sont de teinte gris pâle, comme le ciel avant le lever du jour. Certains sont d'une couleur uniforme, d'autres ont la tête et la trompe tachetées de rose. Chez plusieurs jeunes, on voit déjà pointer les défenses. Je reconnais un éléphant à ses oreilles déchirées, un autre à ses yeux tombants.

Les deux éléphanteaux qui jouaient dans la rivière le premier jour sont mes préférés. Apparemment, ce sont de jeunes femelles. La première a toujours l'air de sourire, la seconde a la peau claire comme une lune voilée par les nuages. Je les ai surnommées Nandita et Indurekha – Joyeuse Lune et Nouvelle Lune. Après s'être amusées à s'éclabousser et à lutter corps à corps, toutes deux se roulent dans la boue de la berge.

Je me demande qui est leur mère. C'est difficile à dire, car tout le monde veille sur les petits. Quand ils s'aventurent trop loin et que Bindu, l'éléphant à trompe tachetée, les rappelle à l'ordre en grondant, je me dis : « C'est sûrement l'une des mères. » Quand Patala, avec sa face rose, est la première à se précipiter vers les éléphanteaux en entendant au loin rugir un tigre, je me dis la même chose. Mais comme les autres adultes ont un comportement identique en cas de danger, je finis par m'y perdre.

Nandita se redresse et, vêtue d'un manteau de boue, tend la trompe vers le manguier en haut duquel je suis perché. Malheureusement les fruits sont hors de portée, et l'éléphanteau pousse un couinement plaintif. Indurekha se relève à son tour. Elle arrive à effleurer le bout d'une branche avec sa trompe, mais pas à atteindre les mangues.

Tout en gardant le reste du troupeau à l'œil, je descends d'un cran dans l'arbre. J'attrape la branche d'à côté et la penche vers les deux éléphanteaux. Indurekha enroule sa trompe autour d'un fruit, puis le porte à sa bouche. Nandita s'attaque carrément à la branche et la secoue violemment, comme pour la casser. De mon autre main, j'empoigne la branche sur laquelle je suis assis pour éviter de dégringoler.

Alors qu'Indurekha en est à croquer sa deuxième mangue, Nandita renonce à ses ambitions et s'empare elle aussi d'un fruit. Au moment où elle le laisse tomber dans sa bouche, nos regards se croisent rapidement.

Les deux jeunes font battre leurs oreilles, puis rejoignent la harde qui s'apprête à quitter les lieux. L'éléphant le plus gros mène la marche, suivi des autres adultes et des petits collés à leurs flancs.

Je sais bien que j'ai été engagé comme *mahout*, mais plus je passe de temps en compagnie des éléphants, moins j'ai envie d'en capturer un. Je les regarde jouer, comme Chanda et moi autrefois. Quand je les vois manger ensemble, je repense aux gens de mon village, rassemblés autour du four commun.

Je sors la pierre de Baba de ma poche et la garde en main. Je tremble de peur à l'idée qu'un éléphant tombe dans le piège, mais ils le longent à la queue leu leu avant de s'engager sur la piste qui s'éloigne de la rivière. Sauvés cette fois encore.

8

« En présence d'un danger, tous les membres de la harde font rempart pour protéger les éléphanteaux. »

Les éléphants de la jungle, Tin San Bo

Le directeur du cirque enrage chaque fois que je lui annonce que le piège est vide. Voilà plus d'une semaine, déjà, que les éléphants passent à côté en toute sécurité. Ils sont probablement plus malins que Timir ne le croit. Mais qu'arrivera-t-il si nous n'attrapons pas d'éléphant ?

J'ai peur des cris de colère de Timir lorsque je viens l'informer d'un nouvel échec. Mais je suis sûr que les cris d'un éléphanteau pris au piège m'effraieraient encore plus.

Aujourd'hui, alors que j'observe les éléphants du haut de mon perchoir, la forêt se couvre soudain de lourds nuages noirs. Sentant venir l'orage, la harde quitte la rivière en toute hâte. Je retiens mon souffle en voyant les éléphants foncer vers le piège. Les yeux rivés sur le camouflage de branchages, je prie pour qu'ils l'évitent à nouveau. *C'est bien, contourne-le*, me dis-je, dès que l'un d'entre eux s'écarte du trou et poursuit sa route.

Nandita est à la traîne, et un adulte la pousse avec sa trompe. Au moment où je me penche en avant pour mieux voir, je fais trembler une branche, et une figue mûre à point se détache de l'arbre. Elle atterrit sur les branchages qui couvrent la fosse.

Attiré par le fruit, Nandita s'avance pour l'attraper, les pattes frôlant le bord du piège.

– Non !

Au son de ma voix, la jeune éléphante se précipite en avant. La couverture de branches et de feuilles cède sous son poids, et Nandita bascule en poussant un cri de frayeur.

Dans un concert de barrissements et de piétinements, les autres membres du groupe se mettent à courir en cercle autour du piège. Certains tendent leur trompe à Nandita pour tenter de la tirer de là, mais le trou est trop profond. Je me bouche les oreilles pour ne plus entendre ces cris sauvages et désespérés.

Au bout de je ne sais combien de temps, la harde finit enfin par se calmer. Il fait de plus en plus sombre dans la forêt. Le plus gros des éléphants s'engage dans le sentier et commence à s'éloigner. Un par un, les autres lui emboîtent le pas. Le chef du troupeau gronde à l'attention des retardataires restés auprès de Nandita qui crie et qui gémit à fendre l'âme. Peu après, ils s'en écartent à leur tour et rattrapent le cortège.

Un seul éléphant reste au bord de la fosse. Une femelle calme et douce que j'ai baptisée Sanjana. Comme sous l'effet du tonnerre, le banian tremble sous ses grondements de colère.

La mère de Nandita.

Il se met à pleuvoir, mais l'arbre m'abrite sous son toit de feuilles. Je regarde et écoute la mère et la fille s'appeler désespérément. Quelques éléphants s'arrêtent sur la piste et poussent un barrissement pour exhorter Sanjana à les rejoindre.

Celle-ci arpente le bord de la fosse tout en se lamentant. Et si elle ne s'en va pas ? Je serai alors obligé de passer la nuit dans cet arbre.

Après une dernière caresse du bout de la trompe, Sanjana se décide enfin à partir. Elle se retourne au bout de quelques mètres et lance un ultime appel à son petit. Longtemps après que la harde a disparu, l'écho de son cri résonne encore dans la forêt.

Nandita se retrouve seule. Sa mère l'a abandonnée. Désormais, elle n'a plus de famille. *Et c'est ma faute.*

Je descends de l'arbre. Je me penche au bord du piège et je scrute l'obscurité de la fosse. L'air sent la terre humide et les feuilles pourries. J'aperçois une forme grise qui bouge – ou plus exactement, qui fait les cent pas au fond du trou. Je soupire de soulagement : Nandita n'est pas blessée ; le matelas de feuilles a amorti sa chute.

– Tais-toi, je suis là, lui dis-je dans l'espoir de calmer ses cris. Tout ira bien, je vais m'occuper de toi.

Et puis j'ajoute :

– Je te demande pardon.

Même dans le noir, je distingue l'effroi qui se lit dans les yeux de l'éléphanteau. Je repense au désespoir d'Amma face à la maladie de Chanda. J'aimerais être assez fort pour tirer Nandita hors de ce trou et la ramener à sa famille au fond de la forêt.

Malheureusement, je ne peux rien pour elle. Mais avant d'aller annoncer sa capture à Timir, je tiens à faire quelque chose.

Je cours vers un manguier, casse la branche la plus chargée de fruits, reviens sur mes pas et m'allonge au bord du piège en tendant le bras.

– Tiens... Tu as faim ?

L'éléphanteau attrape la branche et me l'arrache des mains.

– Aïïeee !

Ma paume est tout éraflée.

– Doucement ! Je veux juste t'aider.

Tandis que je secoue ma main endolorie, Nandita continue à tourner en rond au fond de son trou tout en appelant les siens. J'aimerais pouvoir lui faire comprendre la situation. J'ai été séparé de ma famille, moi aussi, mais au moins je sais pour quelle raison.

– Ne t'inquiète pas, je reviendrai bientôt.

Au bout de quelques mètres, je jette un dernier regard au malheureux animal que je laisse derrière moi dans la jungle. Rongé par la culpabilité, je reprends le chemin du cirque.

Une pluie torrentielle s'abat en cours de route, et je suis trempé jusqu'aux os lorsque la lanterne de la cuisine m'apparaît enfin. Je suis tellement en retard que Ne Min a dû préparer le dîner sans moi. J'ai hâte de me réchauffer au coin du feu, mais je ralentis malgré moi.

Tout ira bien pour Nandita. Je m'occuperai d'elle. Elle sera heureuse avec moi. Au moment où j'arrive devant la cuisine, je me rappelle les paroles de Timir à ma mère, juste avant notre départ : *Ne vous inquiétez pas, Parvati. Je prendrai bien soin de votre fils. Il sera heureux là-bas, croyez-moi.*

Tout le monde est à table, en train de dîner. Quand j'entre, le silence se fait. Je glisse la main dans ma poche et m'arme de courage au contact de la pierre de Baba.

– Désolé, dis-je, les yeux baissés. Toujours pas d'éléphant.

9

« Un éléphant ne s'aventure jamais
en terrain dangereux. »
Les éléphants de la jungle, Tin San Bo

Timir envoie valser son assiette à travers la pièce, et je recule d'un bond quand elle se fracasse contre le mur. Les restes du dîner dégoulinent par terre. La figure de Timir me fait penser à une tomate trop mûre prête à exploser sous la chaleur. Il se penche au-dessus de la table et empoigne Sharad par le col.

– Combien y a-t-il d'éléphants en Inde ? siffle-t-il, tel un serpent en colère.

Le dompteur lance un regard à la ronde, comme si quelqu'un ici connaissait la réponse.

– Je ne sais pas..., finit-il par lâcher. Des milliers.

– Alors comment se fait-il que vous ne soyez pas fichus d'en capturer un seul ?

Timir repousse Sharad si brutalement que celui-ci tombe à la renverse.

– Demain matin, bande d'idiots, vous irez creuser un autre piège, et cette fois à un endroit plus judicieux. Ma patience a des limites !

Puis il s'adresse à moi en aboyant :

– Pourquoi es-tu arrivé si tard ?

– C'est à cause des éléphants... ils sont restés à la rivière plus longtemps que d'habitude. J'ai attendu leur départ pour voir si l'un d'eux tomberait dans le trou.

Timir pointe sa canne sur moi.

– À partir de maintenant, fini de s'amuser dans les bois ! rugit-il avant de sortir en trombe.

Les dîners sont bien différents, comparés à ceux de chez moi. Ici, il fait trop chaud et il y a trop de bruit. Dans mon village, on est loin de prendre nos repas en silence, mais les rires, le bavardage des adultes et les cris des enfants ne m'ont jamais donné mal au ventre comme tous ces hurlements et ces jets d'assiettes. Chez moi, je n'ai jamais vu quelqu'un se jeter sur son voisin, ni l'envoyer bouler par terre. Il arrive que des gens se disputent, mais même quand ils haussent le ton, leur voix n'est jamais aussi venimeuse que celle de Timir.

Ne Min prend un balai.

– Laissez, je vais le faire, lui dis-je.

Je commence à ramasser les débris d'assiette et de nourriture éparpillés sur le sol.

– Heureusement que les éléphants quittent la rivière avant le coucher du soleil, me glisse Ne Min. Un jour, on m'a raconté qu'un jeune mâle était tombé dans un piège en pleine nuit et qu'il s'était fait attaquer par un tigre.

Je ne peux m'empêcher de jeter un coup d'œil anxieux en direction de la forêt.

– Je te rassure tout de suite, il ne lui est rien arrivé, reprend Ne Min. C'était un battant, celui-là ! Mais à sa place, un autre aurait peut-être eu moins de chance.

Ce soir-là, sur ma paillasse, impossible de trouver le sommeil. Je n'arrête pas de penser à Nandita, prisonnière de cet horrible piège. Je ne voulais pas que les hommes l'arrachent à la forêt, mais je n'ai pas imaginé de plan de secours. Que faire ? Demain matin, les ouvriers la découvriront. Mais si jamais un tigre lui tombe dessus en premier ?

Tout sera ma faute. Si Nandita passe la nuit au fond de ce trou, c'est à cause de moi. Et je suis le seul à savoir quel danger elle court.

Je me lève en vitesse et j'allume ma torche après m'être assuré qu'il ne pleut plus.

Des cris d'animaux inconnus résonnent autour de moi tandis que je m'enfonce dans la jungle. Je suis content de ne pas voir tout ce qui se cache dans le noir.

L'emplacement du piège n'est plus très loin à présent. Je me mets à courir. Les branches me fouettent le visage et les bras, mais je continue sans ralentir.

J'arrive enfin. Je m'agenouille et me penche au-dessus de la fosse, torche au poing. J'ai peur de ce que je vais trouver mais je veux en avoir le cœur net. À la lueur de la flamme, je discerne une forme grise.

– Hé ! C'est moi, je suis revenu, comme promis. Ça va ?

Le vent fait frissonner les branches de la canopée. Des grenouilles et des grillons chantent en chœur au bord de la rivière. Je baisse ma torche au maximum. Le ventre de Nandita se soulève à un rythme régulier. Elle dort. Me voilà soulagé.

Je pars à la recherche de quelque chose qui m'aiderait à libérer l'éléphanteau. Ma torche n'arrive pas à percer les ténèbres, et je bute sur un tronc d'arbre couché. En l'éclairant de près, je m'aperçois qu'il s'agit d'un palmier. Pas très grand, mais peut-être assez large pour former un pan incliné. Après avoir planté la torche dans le sol, j'empoigne le tronc à deux mains et essaie de le tirer, mais il est plus lourd que je croyais. Mes mains glissent, et je tombe brutalement sur les fesses.

Je me relève et me campe solidement sur les jambes, puis je redouble d'efforts. Le palmier se décide enfin à bouger, causant la panique chez les insectes et les araignées qu'il abritait. Une chose rampante me passe sur le pied. Je laisse tomber le tronc et m'écarte d'un bond. J'éclaire le sol avec ma torche. Rien. Sur la pointe des pieds je m'approche à nouveau de l'arbre abattu, m'arrêtant à chaque pas, attentif au moindre bruit.

Je recommence à traîner le tronc vers le piège. Malgré la fraîcheur de la nuit, des gouttes de sueur ruissellent dans mes yeux et le long de mon dos. Je m'accorde une pause. Plus que deux mètres et j'y serai.

Et ensuite ? Est-ce que ça va marcher ? Je me relève péniblement et m'attelle de nouveau à la tâche. Un mètre… deux… et tout à coup le sol se dérobe sous mon pied. Je pousse un cri en me sentant glisser dans le vide et je m'accroche au palmier. Le tronc m'écorche la paume des mains, j'essaie d'enfoncer mes pieds dans la terre humide de la paroi, mais je dérape sans cesse, incapable de trouver une prise. Heureusement, l'arbre est trop lourd pour basculer avec moi au fond du trou.

Réveillée par mon cri, Nandita se redresse en barrissant de colère. Puis elle se met à me frapper les jambes avec sa trompe.

– Arrête ! Je n'ai pas envie de tomber là-dedans. Qu'est-ce que tu veux que je fasse ?

L'éléphanteau parcourt la fosse de long en large. Chaque fois qu'il passe près de moi, il cogne mes pieds qui pendent dans le vide. Mes mains ripent, j'enfonce mes ongles dans l'écorce. Les yeux plissés, j'observe le dos gris qui tourne en rond dans la fosse. *Par pitié, aide-moi à sortir d'ici !* J'adresse cette prière à Nandita, ou à Ganesh, ou à quiconque voudra bien l'entendre.

Quand Nandita me frôle à nouveau, je saute sur son dos, et avec les dernières forces qui me restent, je donne une bonne impulsion et je me hisse à plat ventre sur la terre ferme. Ensuite, je rampe sur les coudes jusqu'à ce que je sois entièrement sorti du trou. Affalé sur le sol, je reprends mon souffle pendant que l'éléphanteau s'agite nerveusement tout en barrissant.

– C'est bon, Nandita, je vais te tirer de là, toi aussi.

Je fais doucement glisser le tronc au-dessus du vide et, lorsque l'extrémité atteint le bord opposé de la fosse, je réussis à le faire basculer de façon à ce qu'il touche le fond.

Maintenant que le palmier est en place, il me paraît nettement moins gros. Comment ai-je pu croire que ça marcherait ? Même en admettant que j'arrive à convaincre Nandita de monter dessus, il est clair que l'arbre cédera sous son poids.

La tête au creux de mes bras, je fonds en larmes. C'est trop injuste. Contrairement à moi, Nandita n'a pas choisi de quitter sa famille pour travailler. Mais je ne vois vraiment pas comment la secourir.

Je commence à avoir sommeil et je lutte pour garder les yeux ouverts. Je ramasse un bâton et en épluche l'écorce avec mon canif. Un petit tas de copeaux se forme à mes pieds avant que la torche s'éteigne. Finalement, mes paupières se ferment.

Je me réveille en sursaut en entendant du bruit dans les branches. Quelque chose s'élance d'un arbre en bordure de rivière et atterrit sur la berge opposée. Mort de peur, je reste immobile et n'ose tourner que les yeux.

Deux prunelles luisantes m'observent depuis la rive. Je cherche ma torche à tâtons, oubliant qu'elle ne brûle plus depuis un bon moment. Une fois habitué à l'obscurité, j'arrive à distinguer la silhouette d'un gros chat. Pas aussi grand qu'un tigre adulte, mais tout de même de bonne taille. Un léopard ? Un jeune tigre ? Ces animaux s'en prennent-ils à des proies plus grosses qu'eux ? Si c'est un jeune, pourvu que sa mère ne soit pas dans les parages ! Tout en scrutant la forêt à la recherche d'une autre paire d'yeux brillant dans la nuit, je m'empare de mon canif, même s'il ne me sera pas d'une grande utilité en cas d'attaque. Je n'ai aucune envie de blesser un animal, mais si c'est lui qui m'agresse le premier ou qui blesse Nandita ? Après un rapide coup d'œil au fond de la fosse où dort à présent l'éléphanteau, je reporte mon regard sur le fauve.

Je m'efforce de respirer calmement. L'animal plonge une patte dans la rivière et, l'instant d'après, je vois scintiller les écailles argentées d'un poisson sur la berge. Tremblant, je reste assis près du piège pendant que le fauve dévore sa proie. Pourvu que ce poisson lui suffise !

Finalement, l'animal s'en retourne dans la jungle après avoir jeté un dernier regard à la ronde.

Mon cœur tambourine si fort que je ne risque pas de me rendormir.

Pourtant, j'ai dû m'assoupir car un nouveau bruit me réveille brusquement. Je ris tout bas en voyant qu'il s'agit juste d'un paon qui picore. Des rayons de soleil commencent à percer la canopée. Je me penche au bord du trou. Nandita lève la tête vers moi.

– Ah ! Tu es debout ! Je vais aller te chercher des mangues pour ton petit déjeuner.

Au moment où je m'apprête à casser une branche pleine de fruits, je perçois un bruit dans le lointain. Un bruit aussi peu sympathique qu'un grognement de tigre. Peu après, le camion du cirque s'arrête en toussotant en bordure de forêt. J'ai aussi peur qu'à l'arrivée du fauve cette nuit. Je n'ai plus le temps. Nandita est prisonnière, je ne peux plus rien pour la sauver.

Je ne me suis même pas demandé comment j'allais expliquer pourquoi je suis là, couvert de boue, ni pour quelle raison le piège renferme un éléphant... et un tronc d'arbre.

10

« À lui seul, un éléphant boit
ce que cent hommes boivent en une journée. »
Les éléphants de la jungle, Tin San Bo

Le palmier mort que j'ai traîné jusqu'au piège a laissé derrière lui un long et profond sillon. Je me dépêche de le recouvrir de feuilles pour le dissimuler aux regards des hommes qui ne vont pas tarder à apparaître. Effectivement, Sharad et les ouvriers de Timir surgissent quelques secondes plus tard.

– Qu'est-ce que tu fais là ? me lance le dresseur. Ton escapade a rendu le patron furieux !

Je repense à la souris que Timir a écrasée, juste après m'avoir interdit de quitter le cirque.

– Je ne me suis pas enfui, dis-je en avançant lentement vers le piège, le temps d'inventer une excuse.

– Comme je me suis réveillé tôt ce matin et que je n'arrivais pas à me rendormir, j'ai décidé de venir ici avant le petit déjeuner, voir si on avait enfin capturé un éléphant.

Je pointe l'index vers le trou.

– Il a dû tomber dedans hier soir, après mon départ. J'allais justement lui donner à manger.

Je jette la branche de manguier dans la fosse.

Sharad se penche pour examiner Nandita qui arrache et enfourne les fruits tout entiers dans sa bouche. Puis elle en saisit un du bout de la trompe et le jette à la figure de Sharad, qui le reçoit en plein front.

L'homme accuse le choc et se met à jurer, puis recule en vitesse de quelques pas. Dommage pour lui que Nandita n'ait pas visé le sommet du crâne : il n'aurait rien senti sous son coussin de cheveux !

Tout en s'essuyant, il se dévisse le cou pour observer Nandita.

– Eh bien, sacré tempérament ! Pas mal. Environ deux ans. Encore assez jeune pour être dressé mais déjà assez grand pour promener des enfants sur son dos.

Après une brève pause, Sharad désigne le fond de la fosse.

– Qu'est-ce que ce tronc d'arbre fabrique là-dedans ?

Je réponds en évitant son regard :

– Je me suis demandé la même chose. À mon avis, il a dû tomber.

– Tomber d'où ? m'interroge le dresseur en inspectant rapidement les alentours.

C'est vrai. Très bonne question. Tout en balayant les environs des yeux, je réfléchis à la réponse.

– Il y a eu un orage cette nuit. Le vent l'a peut-être poussé jusqu'ici ?

– Eh bien ! Ça c'était du vent ! s'exclame Sharad en se grattant la tête d'un air perplexe. Enfin, Timir va être content : il l'a, son éléphant. Grimpe dans le camion.

Puis il se tourne vers les ouvriers.

– Allons chercher le gros camion et les chaînes.

– Je peux monter la garde en attendant, dis-je.

Malgré les dangers de la jungle, je me sens plus en sécurité ici qu'avec Timir. De plus, je ne veux pas laisser Nandita toute seule.

Les hommes éclatent de rire.

– Monter la garde ? rétorque Sharad. Pourquoi ? Pour te carapater encore une fois ? L'éléphant n'ira nulle part. Grimpe, et que ça saute !

– Mais je ne me suis pas enfui. Il faudrait au moins lui donner de l'eau. Depuis le temps qu'il est...

– Vas-y, continue. Depuis quand est-il dans ce trou ?

– Oh, je n'en sais rien. Je ne sais pas à quel moment il est tombé dedans.

– Probablement ce matin. C'est bon, il ne va pas mourir de soif. Dépêche-toi de grimper dans le camion. Plus vite nous partirons d'ici, plus vite nous récupérerons cet animal.

Je me résigne à suivre les ouvriers. Après un dernier regard en direction du piège, je monte à l'arrière du camion.

Les hommes bavardent tout le long du trajet, mais moi je reste silencieux. Je ne peux pas m'empêcher de penser à Nandita, seule au fond de son trou. Est-ce qu'elle va bien ? Est-ce qu'elle a peur ?

Le camion s'immobilise dans une secousse. Sharad abandonne le volant et se rue vers le bureau de Timir. Quand je descends à mon tour en compagnie des ouvriers, j'entends le dresseur se vanter dans l'encadrement de la porte :

– Bonne nouvelle ! J'ai votre éléphant – et j'ai remis la main sur le garçon avant qu'il s'enfuie plus loin.

– Quoi ?

Je me précipite vers le bureau.

– Je vous répète que je ne me...

– Qu'est-ce qui t'est arrivé ? me coupe Timir en pointant l'index sur la bosse violacée qui orne le front de Sharad.

– Oh, ce n'est rien, répond l'autre. Cet éléphant a du caractère, mais je me charge de le mater.

– Pour ça, je te fais confiance. Beau travail. Quant à toi (son regard se braque sur moi), tu écopes d'une amende de mille roupies. Tu connais la règle : interdit de quitter les lieux sans permission. C'est clair ?

– Mille roupies ! Mais il me faudra...

– Trois mois de travail supplémentaires et tu seras quitte. Maintenant, allez chercher mon éléphant.

11

« Seul un imbécile se croit capable
de tromper un éléphant. »
Les éléphants de la jungle, Tin San Bo

Je m'en vais le cœur lourd et me hisse à l'arrière du camion. *Trois mois de plus, alors que j'ai juste veillé sur l'éléphanteau ! Que pensera ma mère si je ne reviens pas au bout d'un an ? Elle se demandera ce qui m'est arrivé.* Mes yeux s'emplissent de larmes de colère à l'idée de tout le temps qu'il me reste encore à travailler ici avant de rentrer chez moi.

Je m'assieds sur la plateforme couverte de paille, à côté de blocs de bois de différentes tailles et de plusieurs rouleaux de corde et de chaîne entassés dans un coin. Les montants de ce camion sont constitués de planches solides, beaucoup plus hautes qu'une simple barrière.

Les deux ouvriers grimpent dans la cabine, Sharad fait démarrer le moteur, et le vieux camion s'ébranle en toussant.

Après un parcours cahoteux, nous arrivons à l'emplacement du piège. Sharad descend de son siège et tape sur le flanc du camion.

– Allez, au boulot !

Les ouvriers me rejoignent à l'arrière pour décharger le matériel. Je m'occupe des cordes et des chaînes, eux des blocs de bois.

– Saute, on va te passer le barda, m'ordonne Sharad.

Il lance une corde à l'un des deux hommes et jette l'autre bout dans la fosse.

– Vous... vous voulez que je descende dans le piège ? Avec l'éléphant ?

J'ignore comment ils comptent s'y prendre pour sortir Nandita de ce trou, mais cette partie-là du programme m'avait échappé.

– Bien sûr, idiot, crache Sharad. C'est toi le plus petit de nous quatre. Tu installeras les marches pour y faire grimper l'éléphant.

J'espère que ce système fonctionnera mieux que mon tronc d'arbre. Malgré mes mains endolories, j'attrape la corde et je descends le long de la paroi glissante. Quand je touche le fond, Nandita se réfugie dans un coin en grognant.

– Maintenant, recule ; va près de l'éléphant, m'ordonne l'un des ouvriers.

Nandita avait l'air minuscule à côté des adultes de sa harde. Maintenant que je suis à côté d'elle, elle me paraît beaucoup plus imposante. Le haut de sa tête m'arrive à l'épaule. Le front baissé, elle commence à me repousser. Je m'appuie contre la paroi pour ne pas tomber à la renverse. Pour la première fois, je remarque des poils brun roux plantés tout droit au sommet de son crâne et sur son cou. Je tends le bras avec prudence, prêt à le retirer immédiatement au cas où ces poils seraient aussi piquants que des épines de cactus. En fait, ils sont drus mais plutôt doux. Ce qui me frappe le plus, c'est que Nandita n'a plus son air souriant.

Après l'avoir amené jusqu'au bord du piège, les ouvriers font basculer le plus gros bloc de bois, qui s'écrase au fond de la fosse en soulevant un tourbillon de feuilles mortes. Nandita crie de frayeur et se blottit derrière moi.

– Ne t'endors pas ! me lance Sharad. C'est la première marche, installe-la bien.

Je m'agenouille et pousse l'énorme bloc contre la paroi. Les hommes font tomber les autres un par un. Ils sont de plus en plus petits, mais comme je dois les empiler pour bâtir un escalier, je n'arrête pas de soulever, monter, poser chaque bloc sur le précédent avant de redescendre en chercher un autre. Quand le haut de la fosse se trouve presque atteint, les hommes me passent directement les blocs au lieu de les balancer dans le trou. À la dernière marche, je ne sens plus mes bras, mais au moins le travail est achevé.

Je me hisse hors du piège et je m'écroule par terre en attendant de reprendre des forces.

– Comment allons-nous faire pour qu'elle monte l'escalier ? dis-je en regardant Nandita. Est-ce qu'elle va comprendre toute seule ?

– Elle comprendra dès qu'on se mettra à tirer, me répond Sharad. Tiens !

Il me tend les chaînes.

– C'est pour quoi faire ?

– Il faut vraiment tout t'expliquer, hein ? Retourne là-dedans et passe-lui une chaîne autour du cou, une autre autour d'une patte, et relie les deux avec la troisième.

Et ensuite ? Nandita a beau être jeune, elle a de la force. Et ça m'étonnerait qu'elle obéisse sagement. Je descends les marches et m'approche de l'éléphanteau avant de murmurer en lui tapotant la tête :

– Ne t'inquiète pas, tu seras bientôt sortie de là.

J'enroule une chaîne autour de son cou et ferme le cadenas aux deux bouts, puis je répète l'opération avec la patte avant droite. Quand j'ai fini, le dresseur me lance une longue chaîne pour relier celle du haut à celle du bas.

Au moment où j'émerge à nouveau du piège, je vois Sharad en train d'attacher l'extrémité de la chaîne au pare-chocs du camion. Il ordonne à un ouvrier de prendre le volant. Je lui demande prudemment :

– Vous croyez que ça va marcher ?

– Bien sûr ! réplique-t-il. Le camion n'a plus qu'à tracter, et l'éléphant suivra le mouvement.

– Mais vous ne pensez pas que le pare-chocs risque de...

– Vas-y ! crie-t-il au conducteur.

Les roues patinent en projetant des giclées de boue. Les vrombissements poussifs du moteur couvrent les cris de Nandita qui s'arc-boute au fond du trou. Finalement, l'ouvrier coupe le moteur et passe la tête par la portière.

– Impossible !

Sharad se plante derrière le camion.

– Essaie encore ! hurle-t-il avant de pivoter face au piège.

– Sharad, lui dis-je, attention, vous êtes juste...

La fin de ma phrase se perd dans le crissement des roues et le rugissement décuplé du moteur. Soudain, le pare-chocs lâche avec un craquement sec. Le camion part en flèche et termine sa course contre un arbre. Fauché comme une quille par le pare-chocs, Sharad s'étale de tout son long dans la boue.

Je me précipite vers Nandita.

– Ça va, tu n'as rien ?

Pour toute réponse, l'éléphanteau pousse un furieux barrissement.

– Moi, ça ne va pas du tout, au cas où tu t'en soucierais ! hurle Sharad. Viens ici et aide-moi à me relever !

Je m'approche et lui tends la main. Le gros homme parvient à se remettre péniblement sur ses pieds. Avec le magma de boue et de feuilles qui enduit sa figure et son corps, on dirait un énorme oiseau en colère. Je me retiens d'éclater de rire.

Sharad fonce sur le camion, lui décoche un coup de pied, puis examine les dégâts. Le pare-chocs avant est enfoncé et l'un des phares en mille morceaux. Tout en grognant, Sharad ramasse l'autre pare-chocs, le libère de la chaîne et jette le tout à l'arrière du camion, puis il ouvre la portière de la cabine. Lorsqu'il revient vers le piège, je vois luire un étrange outil dans sa main.

– Qu'est-ce que c'est ?

– Un crochet de dresseur, me répond-il.

De près, l'outil m'apparaît clairement : une large lame métallique recourbée se terminant par une pointe acérée. Je regarde Sharad, horrifié à l'idée de poser la question. À *quoi ça sert ?*

– Retourne là-dedans, me dit-il en tournant le pouce vers le piège. Si l'éléphant refuse d'avancer pendant qu'on le tire, un bon coup de ce truc lui fera changer d'avis.

Je fais semblant de ne pas voir le crochet qu'il me tend et descends en vitesse au fond de la fosse. Nandita se colle à la paroi.

– Allez, viens, il faut sortir de là !

Elle avance timidement.

– Bravo, continue !

Sa patte heurte la première marche. Au-dessus, les hommes tirent sur la chaîne. De mon côté, je pousse l'animal par-derrière. Nandita lève et pose la patte sur le bloc de bois. Marche par marche, elle finit par monter l'escalier.

À peine sortie, la voilà qui fonce dans la jungle après avoir bousculé Sharad au passage.

– Hé ! Pas si vite, toi ! crie l'homme en la retenant fermement grâce à la chaîne. Les deux ouvriers s'emparent alors de l'éléphanteau qui se met à pousser des cris aussi déchirants qu'après sa chute dans le piège. Sharad laisse filer une bonne longueur de chaîne tout en surveillant Nandita de près.

– Ouvre le hayon ! m'ordonne-t-il.

Je cours au camion. Une fois baissé jusqu'au sol, le hayon forme un plan incliné.

D'un pas chancelant, Nandita se dirige vers la berge. Elle plonge sa trompe dans la rivière, la remplit comme une énorme paille, puis verse l'eau dans sa bouche.

– Allez, viens ! grogne Sharad en tirant violemment sur la chaîne.

La rampe grince sous le poids de l'éléphanteau qui monte à bord du camion en trébuchant. Je le rejoins aussitôt. Tous les deux nous sursautons quand Sharad claque le hayon.

– Fais-moi confiance, dis-je en caressant Nandita. Un jour, je te rendrai ta liberté. Mais en attendant, c'est moi qui serai ta seule famille. Je sais que ce n'est pas la même chose, mais je m'occuperai bien de toi. Je ne partirai pas d'ici sans toi, c'est promis.

Je suis sincère, mais ça ne m'empêche pas de me sentir encore coupable. J'ai l'impression d'être un moustique promettant de ravaler sa piqûre.

12

« L'éléphanteau dépend de sa mère
pendant trois à cinq ans. »
Les éléphants de la jungle, Tin San Bo

Nous voici arrivés en bordure de la propriété de Timir. Au lieu d'emprunter la porte en bois située derrière l'appentis de la cuisine, Sharad s'arrête devant un portail métallique, plus proche de la piste du cirque et suffisamment large pour livrer passage au camion. Je me lève pour regarder à travers le pare-brise de la cabine. Ce portail est fermé par une grosse chaîne enroulée autour du poteau de la clôture. Sharad en déverrouille le cadenas, puis ouvre le battant en grand avant de revenir s'asseoir au volant. Tandis que l'un des deux ouvriers saute à terre et agite les bras pour le guider dans sa manœuvre, l'autre s'empresse d'aller refermer le portail.

Nandita s'agite à l'arrière du camion, traînant sa longue chaîne dans la paille. Une fois garé à l'intérieur de l'enclos, Sharad vient débloquer le hayon.

– Passe-moi la chaîne, m'ordonne-t-il, la main tendue. Tu vas m'aider à faire descendre l'éléphant, ensuite tu iras demander les instructions au patron.

Il attache le bout de la chaîne à un gros piquet planté dans le sol. À l'approche des ouvriers, Nandita se blottit dans un coin. De nouveau elle s'arc-boute quand ils se mettent à tirer pour la faire avancer. J'arrive à me faufiler derrière elle, comme dans le piège.

– Allez, viens, lui dis-je d'un ton encourageant. Au départ, tu ne voulais pas monter là-dedans, et maintenant tu refuses de sortir !

Je la pousse tant bien que mal, en priant pour que Sharad ne trouve pas là une bonne raison d'utiliser son crochet.

Par chance, Nandita se décide enfin à bouger. Le camion grince et tangue pendant qu'elle descend la rampe. Je la rejoins sur la piste. En apercevant Sharad, elle a un mouvement de recul, puis se met à trotter aussi loin que le lui permet la chaîne. Les ouvriers s'esclaffent au moment où elle culbute, freinée net dans son élan. Nandita se relève et se débat pour se libérer, puis repart dans l'autre sens jusqu'à ce que la chaîne l'immobilise à nouveau. Elle pousse un barrissement plaintif, enroule sa trompe autour des maillons et tire de toutes ses forces. Je meurs d'envie d'aller l'aider, mais je ne peux que la regarder se démener. La chaîne est solide. Elle s'enfonce dans les plis de son cou. Finalement, Nandita abandonne et s'affale sur le flanc, à bout de forces.

Allez, courage, tu vas y arriver !

Je voudrais qu'elle se redresse, ou du moins qu'elle s'asseye. N'importe quoi, pourvu qu'elle ne s'avoue pas vaincue aussi vite.

Voyant qu'elle reste allongée dans la poussière, je m'éloigne pour aller en informer Timir.

Le directeur du cirque est assis à son bureau, le dos tourné à la porte grande ouverte, si bien qu'il ne s'aperçoit pas tout de suite de ma présence. Il est en train de contempler sa collection de poignards dans une vitrine accrochée au mur. Ils ont tous un manche d'ivoire mais des lames différentes. Certaines longues, fines et très pointues, d'autres plus larges, pourvues de dents acérées, ou bien lisses et courbes.

D'une main, je serre la pierre de Baba dans ma poche et, de l'autre, je frappe discrètement au montant de la porte.

Timir pivote aussitôt sur son siège.

– Ah, te voilà ! J'allais justement t'appeler.

Alors que j'avance de quelques pas, Timir se penche derrière son bureau, puis me lance une épaisse couverture que j'attrape à la volée. Elle est plutôt rêche, mais elle sera nettement plus confortable que la paille qui me sert de matelas. Dorénavant, j'aurai une couverture pour m'allonger, une autre pour me couvrir. Quand il fera froid la nuit, je pourrai m'envelopper comme une chenille dans un cocon.

– Merci, dis-je à Timir. Une couverture supplémentaire ne sera pas de trop. En plus, elle est immense !

– C'est pour l'éléphant, abruti. Veille à ce qu'il la garde sur le dos en dormant. Et si jamais il a faim, tu trouveras du lait en poudre et des bouteilles à la cuisine.

– Mais comment je saurai s'il a faim ou pas ?

– Il te le fera comprendre.

J'essaie de m'imaginer en train de nourrir Nandita au biberon. Arrivera-t-elle à se tenir tranquille, le temps de terminer la bouteille ? Perdu dans ces pensées, je réalise soudain que Timir continue de me donner ses directives.

– ... deux fois par jour. Il y a une pelle et une fourche dans l'éléphanterie.

Une fourche ? Deux fois par jour ? Je n'ose pas lui demander de répéter. Je finirai bien par deviner.

– Chaque fois que Sharad apportera un chargement de foin frais, tu prendras la brouette et tu entasseras les bottes le long du mur. Le seau accroché près de l'abreuvoir, c'est pour aller chercher de l'eau à la source. Dès que l'abreuvoir est vide, tu le remplis.

Par la fenêtre, je jette un coup d'œil à l'abreuvoir en question. Combien d'allers et retours devrai-je faire avant de le remplir ? Et combien de temps faudra-t-il à Nandita pour le vider ?

– Tous les soirs, tu l'emmèneras prendre un bain à la source, poursuit Timir. Ne lâche jamais sa chaîne en l'emmenant quelque part. Il n'est pas question que cet animal folâtre ici et là comme bon lui semble. Fais-lui comprendre que c'est toi le maître. Bon. Je pense que c'est tout pour l'instant. Des questions ?

Oui, mille ! Mais je n'ose ouvrir la bouche.

– Très bien, lâche Timir. Jusqu'ici tu as eu la belle vie. Mais les vacances sont finies : on a un éléphant, il est temps de te mettre au travail pour commencer à rembourser la dette de ta mère.

Commencer ? Mentalement, je raie les sept jours que je croyais avoir gagnés.

– Maintenant, file, conclut Timir.

Le remplissage de l'abreuvoir me demande cinq allers et retours jusqu'à la source. Je vais ensuite rejoindre Sharad, qui promène Nandita sur la piste. Dès qu'elle fait mine de s'échapper, il la rappelle à l'ordre en tirant brutalement sur la chaîne.

Après la vaisselle du midi, Ne Min me donne une grosse bouteille en verre remplie de lait, pratiquement de la taille de mon bras.

– L'éléphant attend son déjeuner, lui aussi, me dit-il.

– Ne traîne pas, lance Sharad en me voyant arriver avec le lait. Nous avons encore du boulot.

Il tire un tissu de sa poche, essuie son visage en sueur, puis me laisse seul avec Nandita.

Celle-ci remarque le lait dès que j'ouvre la barrière. Elle se rue sur moi et tente de m'arracher la bouteille des mains, mais je me recule à temps. Le gros bouchon en caoutchouc ressemble à une mamelle. Je lève le biberon pour que Nandita fasse comme si elle tétait sa mère, mais elle enroule sa trompe autour de la bouteille et veut se débrouiller toute seule. Voyant le lait dégouliner par terre, j'essaie de reprendre le biberon, mais Nandita fait volte-face et s'enfuit avec. Je la poursuis tout autour de la piste. Ces séances de repas seront-elles toujours aussi fatigantes ?

Finalement, je sors de l'enclos et ramène Nandita à l'éléphanterie afin de lui donner du foin et de l'eau. Elle réussit à me faire tomber en fonçant tête baissée vers l'abreuvoir, et la chaîne m'échappe des mains. Puis elle plonge sa trompe dans l'eau et aspire l'équivalent d'un plein seau en une seule gorgée !

Elle en boit une partie et garde le reste pour s'asperger le dos... et moi par la même occasion.

– Ne gaspille pas l'eau, tu n'en auras plus assez pour boire ! lui dis-je en voyant la mare qui s'est formée par terre.

Apparemment, Nandita se moque de mes remontrances. L'espace d'une seconde, je retrouve le sourire malicieux qu'elle affichait dans la jungle, avant sa capture.

Alors que j'empoigne la chaîne pour retourner au cirque, Nandita oblique brusquement vers les arbres et m'entraîne dans son sillage. Elle s'arrête sous un manguier pour décrocher un fruit, mais je réussis à la prendre de vitesse. Avec un couinement, elle tend sa trompe pour que je le lui donne.

– Pas si vite, ma petite, l'avertis-je en reculant. Si tu le veux, il va falloir me suivre bien sagement.

Tout le long du chemin, Nandita me bouscule pour essayer de me voler la mangue que je serre fermement contre ma poitrine. Je me tourne sans cesse d'un côté ou de l'autre pour déjouer ses tentatives. Nous rejoignons enfin le cirque et, une fois sur la piste, je brandis la mangue à bout de bras. Nandita s'en empare en un clin d'œil et part en trottant avant de l'engloutir. Puis elle pousse un joyeux barrissement.

– De rien, lui dis-je.

Je m'écroule contre la barrière, à bout de souffle.

Lorsque je reconduis Nandita à l'éléphanterie pour la nuit, je décide de me coucher aussi. Avant de m'allonger, je sors mon canif et je grave une entaille sur un nouveau rondin, marquant ainsi ma première journée de travail qui compte réellement.

Je suis si fatigué que la paillasse me paraît presque confortable. Je n'ai jamais été épuisé à ce point. Nandita, par contre, n'a pas sommeil du tout. Elle tourne en rond, balançant sa trompe contre les cloisons de bois. J'essaie de ne pas faire attention à elle, mais elle arrache ma couverture et s'éloigne en grognant.

– Nandita, s'il te plaît, couche-toi !

Je me lève, je ramasse sa couverture pour la lui mettre sur le dos, mais elle prend un malin plaisir à se dérober. Je finis par renoncer et je m'adosse contre le mur. Dès que je m'assoupis, Nandita me réveille d'un coup de trompe.

– Tu es pire qu'un chameau ! lui dis-je avec énervement.

Au bout d'un moment, Nandita se calme et s'allonge enfin. Je la couvre et m'écroule à mon tour sur la paille.

– Bonne nuit, Nandita.

Cette nuit-là, je rêve que je fais n'importe quoi : je vide la rivière avec une pelle, je remplis l'abreuvoir de foin. Ensuite je rêve de Chanda, à l'époque où elle était encore bébé.

– *Elle a faim, Hastin*, murmure ma mère. *Passe-la-moi*. Quand je veux prendre ma petite sœur dans mes bras, elle n'est plus là. Pourtant je l'entends encore pleurer. Soudain, je me retrouve dans la jungle. Je cherche Chanda partout : derrière les rochers de la rivière, dans les branches du grand banian, sous le feuillage des plantes qui poussent au ras du sol. Rien. Je tourne en rond, ne sachant plus où regarder. Chanda continue de hurler de faim, et plus ses cris s'intensifient, plus je panique. Pourquoi je n'arrive pas à la trouver alors qu'elle semble si près ?

Tout en appelant Amma à l'aide, j'ouvre les yeux brusquement. Où suis-je ? Dans l'obscurité, je discerne la forme de Nandita qui fait les cent pas en grognant. La paille crisse sous ses pattes.

– Tu as faim ?

Je me lève et lui caresse la tête pour l'apaiser. Les poils de son crâne me chatouillent la paume. Elle s'arrête d'aller et venir, mais j'entends encore les cris de Chanda dans mon rêve.

Je cours à la cuisine en espérant que j'arriverai à préparer le biberon. Après avoir allumé la lanterne, j'aperçois sur le plan de travail un broc d'eau, un sac de lait en poudre et, juste à côté, une grande bouteille en verre à moitié remplie d'eau. Seulement voilà, quelle quantité de lait ajouter ? C'est alors que je remarque une tasse en métal pleine de poudre. Au fond de moi, je remercie Ne Min d'avoir tout préparé à l'avance pour me faciliter la tâche.

J'ôte la tétine, je verse la dose de lait dans l'eau, je referme la bouteille et la secoue vigoureusement pour mélanger le tout, après quoi je retourne en courant à l'éléphanterie.

– Tiens, Nandita, bois ton lait, ensuite, au lit !

Je tiens l'énorme biberon à deux mains, mais Nandita réussit de nouveau à s'en emparer. Une fois encore, le lait s'écoule en grande partie dans la paille pendant qu'elle essaie de boire. Elle pousse un barrissement furieux quand je lui confisque la bouteille, mais se calme une fois la tétine dans sa bouche. En quelques gorgées, tout est terminé. Entre le lait qui dégouline le long de son cou et sur mes bras, plus celui que la paille a absorbé, je ne sais pas quelle quantité mon gros bébé en a avalé au juste, mais j'espère que cela suffira à le caler jusqu'au matin.

Je n'ai pas le courage de nettoyer maintenant. Nandita se couche sur le flanc, et je pose la couverture sur elle avant de m'allonger à mon tour.

Les yeux fermés, je pense à Raj. Si Chanda n'est pas rentrée à la maison, il n'y a personne pour le nourrir. Peut-être est-il allé dans un autre village, ou parti chasser dans le désert. Se demande-t-il où je suis passé ? J'espère qu'il ne croit pas que je l'ai abandonné. Je m'interroge aussi sur la famille de Nandita. Les membres de la harde ont dû penser à elle en longeant le piège ce matin.

J'ai l'impression d'avoir à peine dormi quand les cris de Nandita me réveillent brusquement. Mais cette fois, ce sont des cris de frayeur. À l'entendre, je suis sûr qu'il y a un tigre dans les parages. Je me lève d'un bond, j'allume ma lanterne et me dirige vers l'éléphanteau. Il dort d'un sommeil agité.

Je m'en souviens, Chanda voulait que je lui tienne la main après un cauchemar. Une bonne méthode pour se protéger contre les mauvais rêves. Après avoir accroché la lanterne à un clou, je rapproche ma couverture et je m'allonge à côté de Nandita, un bras posé sur son dos.

Ses cris se calment peu à peu, mais elle continue à respirer rapidement, comme si elle était encore sous l'emprise de la peur. Je reste éveillé jusqu'à ce que les vagues de son flanc s'apaisent. Pour l'instant, les cauchemars sont partis.

13

« Un lien très fort unit les éléphants d'une même famille. »

Les éléphants de la jungle, Tin San Bo

J'ai dû dormir à plat ventre, car je me réveille la tête dans la paille et une forte odeur de bouse et de lait caillé dans les narines. Nandita, déjà debout, arpente l'étable d'un mur à l'autre. Avant de me lever, je m'étire et ferme un instant les paupières. Je sais que de longues heures s'écouleront avant que je retrouve mon lit ce soir.

– Je reviens avec ton petit déjeuner, sois sage ! dis-je à Nandita en lui caressant la trompe.

Comme elle essaie de me suivre, je me faufile en vitesse par l'entrebâillement de la porte, que je referme aussitôt derrière moi.

Le biberon vide à la main, je me dirige vers l'appentis de la cuisine tout en me débarrassant des brins de paille plantés dans mes cheveux et mes habits. Ne Min s'affaire déjà à la préparation de la pâte à pain. Il lève les yeux à mon arrivée et me sourit.

– Tu as l'air aussi vieux que moi ! s'exclame-t-il. Ta protégée t'en fera passer, des nuits blanches, mais cela s'arrangera avec le temps. À cet âge-là, les éléphanteaux sont craintifs, ils ont besoin de leur mère.

– Est-ce qu'ils font des rêves ? Les éléphants, je veux dire.

– Oui, ils rêvent. Et ils ont une bonne mémoire.

Je soulève la bassine.

– Merci d'avoir préparé la bonne dose de lait, Ne Min. Je ne sais pas ce que j'aurais fait sinon.

– Il lui faut encore du lait, à cette petite. Le foin ne suffit pas, elle s'en lassera. Offre-lui aussi des feuilles et des fruits, et tu t'en feras une amie pour la vie.

Ne Min me prend la bouteille des mains et la dépose au fond de la bassine.

– Pendant que tu y es, rince-la bien et remplis-la à la source, précise-t-il.

À mon retour, je mets l'eau de la bassine à bouillir sur le feu, puis je prépare un nouveau mélange de lait en poudre et d'eau pour Nandita. Cette fois, je réussis à lui donner à boire sans qu'elle me vole le biberon. Je l'emmène ensuite dehors, pour qu'elle mange du foin et se désaltère à l'abreuvoir, après quoi je la reconduis à l'éléphanterie et retourne à la cuisine afin d'aider Ne Min.

Nous façonnons des boules de pâte que nous posons sur le plan de travail saupoudré de farine. En quelques coups de rouleau à pâtisserie, le vieux cuisinier parvient à former des cercles parfaits. Les miens sont tout biscornus.

– Simple question d'entraînement, m'assure Ne Min.

Au lieu de faire cuire les *chapatis* à sec, il verse quelques gouttes d'huile dans la poêle, si bien que les galettes sont craquantes et pas tendres comme celles auxquelles je suis habitué.

Quand vient le moment d'assaisonner les haricots qui mijotent dans la marmite, Ne Min me désigne les pots d'épices à lui passer. Un peu de curcuma, et un tourbillon d'un jaune éclatant se fond dans le liquide. Une autre épice donne un parfum aigre-doux à la potée. Le troisième pot contient une poudre brune qui me pique horriblement le nez à peine le couvercle enlevé. Ne Min n'en ajoute qu'une minuscule pincée.

Timir et Sharad arrivent alors que je termine juste de mettre le couvert. Nous ne sommes plus que quatre. Maintenant que Timir a son éléphant, il n'a plus besoin des deux autres ouvriers.

Quand l'eau bout, je retire la bassine du feu. Le temps qu'on finisse de manger, l'eau sera à la bonne température pour la vaisselle. J'ai tellement hâte de me mettre à table que je pose la marmite par terre trop brusquement. Quelques gouttes de sauce m'éclaboussent le poignet, mais j'ai trop faim pour sentir la brûlure.

Alors que je m'apprête à croquer dans mon *chapati*, je remarque que Timir me fixe avec un regard noir.

La journée vient juste de commencer, qu'a-t-il déjà à me reprocher ?

– Qu'est-ce que tu fais ? me lance-t-il.

Eh bien, je prends mon petit déjeuner, espèce de bouse de scarabée, ai-je envie de rétorquer. Mais je sais que lorsqu'il me questionne, Timir n'attend pas vraiment de réponse.

– Tu as nourri l'éléphant ?

– Oui.

– Et nettoyé l'étable ? poursuit-il en haussant la voix. Et l'abreuvoir, il est rempli ?

Je repose la galette de pain et garde les yeux rivés sur mon assiette.

– Tu n'as pas écouté ce que j'ai dit, ou bien tu es trop stupide pour comprendre ce que tu es censé faire ?

Encore une question qui se passe de réponse. Je rapporte mon assiette sur le plan de travail et sors de la cuisine.

Pendant que je conduis Nandita à la piste de cirque pour sa séance de dressage avec Sharad, je me rappelle vaguement que Timir m'avait parlé d'une pelle et d'une fourche, hier, en me donnant ses instructions. J'en conclus que je devrai les utiliser pour nettoyer l'éléphanterie. À l'aide de la brouette, je transporte la paille sale derrière les arbres pour que l'odeur ne dérange personne, puis je reviens prendre la paille propre entreposée près de l'abreuvoir afin d'en garnir le sol de l'étable.

Dès que j'aperçois Timir entrer dans son bureau, je regagne la cuisine pour aider Ne Min.

– Non, mange, me dit-il alors que je m'apprête à faire la vaisselle.

– Mais Timir...

Ne Min agite la main comme s'il chassait une mouche.

– Timir est occupé pour l'instant. J'ai gardé ton assiette au chaud.

Cela m'ennuie de laisser la vaisselle à Ne Min, mais mon estomac crie famine.

– Tu travailleras mieux le ventre plein, insiste le vieil homme en souriant.

Je saisis le bord brûlant de l'assiette avec un torchon et m'installe à table. Le cercle parfait d'un *chapati* trône sur une montagne de haricots et d'oignons. J'ai la nette impression qu'il y en a beaucoup plus qu'avant.

– Vous êtes sûr que vous avez eu assez à manger, Ne Min ?

– Ne t'inquiète pas, Hastin, me répond-il tout en continuant à laver les plats. Tout le monde a été copieusement servi.

Je ne demande qu'à le croire, pourtant il y a rarement de restes après les repas. Dans mon village, j'ai parfois remarqué que les parents ne finissaient pas leur assiette pour la donner à leurs enfants, quand ceux-ci avaient encore faim. Si je me sens un peu comme chez moi dans cette cuisine, ce n'est pas seulement à cause de l'odeur des épices et du pain chaud, c'est aussi grâce à Ne Min.

En garçon bien élevé, je m'efforce de manger lentement, mais les haricots aux oignons disparaissent aussi vite que l'eau dans la trompe de Nandita. Ne Min rit quand je lui rends mon assiette vide, quelques secondes après m'être assis.

Je suis tellement rassasié que je rêverais de faire une petite sieste, mais le travail m'attend. Je pars couper du bois et en rapporte deux grandes brassées pour le fourneau de la cuisine. Ensuite, je fais plusieurs voyages jusqu'au point d'eau afin de remplir l'abreuvoir de Nandita et la bassine de Ne Min, puis j'enchaîne sur la préparation du déjeuner.

*
* *

Voici venue l'heure de la baignade du soir. Après le dîner, je libère Nandita du poteau où elle est attachée, et nous quittons l'enclos du cirque pour aller à la source.

– Prends ça, me dit Ne Min au moment où je passe devant l'appentis de la cuisine.

Il me tend une coque de noix de coco.

– C'est pour quoi faire ?

– Pour frotter ton éléphant sous la douche. Ce n'est pas agréable d'avoir la peau rêche. En le frictionnant avec ça, tu l'aideras à se débarrasser des particules mortes. Mais vas-y doucement sur la colonne vertébrale, précise le vieil homme en m'effleurant le dos avec sa main.

Bien que je la tienne fermement en laisse, Nandita file à toute vitesse et je me retrouve bientôt les mains vides, en train de courir derrière la chaîne qui rebondit sur le sol. Je réussis à l'attraper en plongeant dessus, mais l'éléphanteau continue sa course et m'entraîne dans son sillage. Le voilà qui fonce vers un bosquet de bambous. *Tchac, tchac, tchac !* Les tiges me fouettent le visage jusqu'à ce que Nandita s'arrête enfin pour manger.

Je me remets debout et, un peu étourdi, je m'appuie sur elle jusqu'à ce qu'elle ait fini de se régaler de feuilles. Arrivée à la source, elle trempe sa trompe dans l'eau fraîche, la porte à sa bouche, puis s'asperge le dos, et moi avec. Je ris tellement que je n'ai pas le cœur à la gronder. Lorsqu'elle s'allonge au pied de la cascade, je la frotte à l'aide de la noix de coco. Soudain, un moustique vient se poser sur son dos. Voyant Nandita prête à l'écraser d'un coup de trompe, je m'écarte en vitesse.

Je m'imagine que je suis un enfant sauvage vivant seul avec mon éléphant. *Libres de nos mouvements, nous allons où bon nous semble. La jungle est notre royaume. Sur le dos de Nandita, je parcours des dizaines et des dizaines de kilomètres, nous escaladons même des montagnes ! De temps en temps, nous nous baignons dans une rivière pour nous rafraîchir…*

Toujours allongée dans l'eau, Nandita se tourne paresseusement de l'autre côté. Le cliquetis de sa chaîne me tire de ma rêverie. La jungle n'est pas notre royaume. J'y vis en esclave, et Nandita aussi.

14

« Au cours de la baignade, le *mahout* se doit d'inspecter d'éventuelles plaies ou blessures sur la peau de l'éléphant. »

Les éléphants de la jungle, Tin San Bo

La jeune éléphante continue à se prélasser dans le bassin de la source. Au moment où elle rabat ses oreilles en avant, je remarque soudain une tache rouge foncé à travers l'eau cristalline. Ce détail m'avait échappé pendant que je la frottais. J'entre à mon tour dans l'eau pour examiner Nandita de plus près, mais elle se relève et commence à s'éloigner. Je la rattrape et, tout en maintenant fermement la chaîne, j'essaie de replier son oreille. Cela ne lui plaît pas du tout. Elle se détourne brusquement et me fouette les jambes avec sa trompe. J'ai quand même eu le temps d'apercevoir la blessure. Cela ne peut pas être une piqûre d'insecte, la plaie est trop profonde.

– Viens, on va te soigner, lui dis-je en l'entraînant.

À peine sortie de l'eau, Nandita se roule dans la terre. Elle a l'air plus sale qu'avant son bain.

Sharad est en train de ranger son matériel dans la remise quand nous arrivons. Je lui montre l'oreille de Nandita, mais c'est tout juste s'il y jette un coup d'œil.

– Rien de grave, lâche-t-il.

– Mais c'est une vilaine blessure ! Il faudrait peut-être lui mettre une pommade ou un désinfectant ?

– On n'en est qu'au début de son dressage. Elle finira bien par piger.

Qu'est-ce qu'il raconte ? Je ne vois pas le rapport entre le dressage de Nandita et sa plaie derrière l'oreille.

– Réfléchis un peu, grogne Sharad. Tu crois qu'elle sent quelque chose, avec une peau aussi épaisse ?

Elle est capable de sentir un moustique posé sur son dos.

Je renonce à comprendre et ramène Nandita à l'éléphanterie. Par un interstice entre deux rondins, j'aperçois Ne Min qui se dirige vers le portillon en bois. Je sais maintenant que c'est le chemin qu'il emprunte pour rentrer chez lui. J'ignore pour quelle raison il connaît tellement bien les éléphants, mais je suis content de pouvoir m'adresser à lui.

Je ressors en courant et l'interpelle de loin :

– Ne Min ! L'éléphant est blessé, je ne sais pas ce qui s'est passé.

Le vieil homme fait volte-face et revient vers moi en toute hâte.

Nous entrons ensemble dans l'étable et trouvons Nandita couchée dans la paille. Ne Min s'agenouille près d'elle, prend sa trompe et souffle doucement dedans. Puis il se met à lui parler dans une langue inconnue. Nandita rabat docilement les oreilles pour lui montrer sa plaie.

– *Tah*, dit-il en lui tapotant le flanc.

Aussitôt, Nandita se met debout.

– Brave petite.

Après avoir caressé la trompe de l'éléphanteau sur toute la longueur, il me tend la main pour que je l'aide à se relever.

– Où avez-vous appris à parler le langage des éléphants ?

Ne Min éclate de rire.

– C'est du birman !

– Alors comment un éléphant indien peut-il comprendre le birman ?

– Il ne comprend pas les mots mais mon intonation, m'explique-t-il. Si tu l'approches sans peur, mais avec respect, il saura ce que tu attends de lui.

Ne Min examine à nouveau la plaie et grimace comme s'il souffrait à la place de Nandita. Non seulement il connaît bien les éléphants, mais en plus il les aime.

– Va chercher de la teinture d'iode dans la réserve, me dit-il. C'est un grand flacon marron. Rapporte-moi aussi l'insecticide. Et passe prendre du sucre à la cuisine.

– Du sucre ?

Ne Min hoche la tête et se penche à nouveau sur l'éléphanteau.

Les lourds battants du hangar à provisions s'ouvrent dans un craquement. Il me faut quelques secondes pour m'habituer à la pénombre qui règne dans ce local garni d'étagères du sol au plafond. Au milieu de ces montagnes de boîtes, de bouteilles et de bocaux, j'essaie de repérer la teinture d'iode. Je finis par attraper une bouteille brune en espérant que c'est la bonne, puis je prends un chiffon et l'insecticide avant de filer à la cuisine. Je sors le sac de sucre en poudre du placard et le cale au creux de mon bras. À mon retour, je trouve Ne Min en train de parler tout doucement à Nandita. Je m'agenouille près d'eux et dépose les affaires dans la paille.

Ne Min sourit en avisant le sac de sucre.

– Tu as vu grand ! s'exclame-t-il. La prochaine fois, une seule cuillerée suffira.

Le regard qu'il jette à la bouteille me confirme que je ne me suis pas trompé.

– Passe-la-moi. Et le chiffon aussi.

Au contact du liquide, le tissu blanc se teinte d'un brun rougeâtre.

– Tu nettoieras la plaie deux fois par jour, me dit-il tout en appliquant la teinture d'iode. Si ton éléphant se blesse d'une façon ou d'une autre, conduis-le toujours dans un endroit sombre et tranquille, comme ici, avant de le soigner.

Il rebouche le flacon.

– Maintenant, le sucre, poursuit-il en tendant la main.

J'ouvre le sac de toile et le penche avec précaution afin de verser une toute petite quantité de sucre au creux de ma paume. Je n'ai pas envie d'inviter les fourmis à dîner chez nous ce soir. Ne Min prélève quelques pincées et saupoudre la plaie.

– Et pour finir, l'insecticide. Afin d'éloigner les fourmis et d'empêcher les mouches de pondre leurs œufs dans la plaie.

Pendant tout le temps que durent ces soins, Nandita reste sage comme une image. Je n'en reviens pas !

– Bon, reprend Ne Min. Maintenant tu sauras ce qu'il faut faire la prochaine fois, hein ?

Je hoche la tête avant de lancer :

– Vous pensez que ça risque de se reproduire ?

– J'aimerais te rassurer, mais hélas, je crois que oui. Et souvent.

– Comment c'est arrivé ?

Je crains de connaître déjà la réponse.

– C'est le crochet. Tu te souviens de sa forme et de la profondeur de la plaie, n'est-ce pas ? Si tu tiens à garder ton éléphant en bonne santé, prépare-toi à voir des choses désagréables.

La paille crisse quand Nandita se recouche.

– Tu lui as donné un nom ? m'interroge le cuisinier.

– Oui : Nandita.

– Elle n'a pourtant pas l'air très joyeuse, commente-t-il.

– Elle l'était avant sa capture. Regardez sa bouche, on dirait qu'elle sourit, vous ne trouvez pas ?

Le vieil homme et l'éléphanteau se fixent longuement.

– Elle a les yeux tristes, déclare Ne Min.

Vous aussi, ai-je envie d'ajouter.

Il prend la trompe de Nandita et me la tend.

– Souffle doucement dedans.

– Pour quoi faire ?

– Pour l'aider à te reconnaître. Chez les éléphants, la mémoire est étroitement liée à l'odorat.

Je fais comme Ne Min me dit, puis je lui demande pourquoi il sait tant de choses sur les éléphants.

– Je suis vieux, me répond-il. J'ai eu le temps d'apprendre.

Sur ces mots, il ramasse les affaires et s'en va.

Le lendemain, Nandita cherche à me suivre après que je l'ai conduite dans l'enclos du cirque.

– Non, reste ici, je reviendrai te voir plus tard, dis-je en lui caressant la tête.

Elle tend sa trompe par-dessus la barrière pour me toucher la figure. Je lui tourne le dos à contrecœur. J'ai du travail, et elle aussi.

Pendant que je coupe du bois, j'entends soudain des voix un peu plus loin. Non seulement celle de Sharad, qui est en train de dresser Nandita, mais aussi celle de Ne Min, qui parle beaucoup plus fort que d'habitude.

– Tu sais très bien qu'il existe d'autres méthodes ! s'écrie-t-il.

– Celle de mon père, par exemple ? riposte Sharad.

– Exactement.

– Ça l'a bien avancé !

– Ça n'a aucun rapport. Que penserait-il de toi s'il te voyait en ce moment ?

Après un long silence, Sharad répond :

– Oui, mais il ne peut pas me voir.

Je continue à soigner l'oreille de Nandita deux fois par jour, mais une autre blessure apparaît bientôt sur son dos. Il faut absolument que je trouve le moyen d'assister à une séance d'entraînement pour voir de quelle façon Sharad traite mon éléphant. L'ennui, c'est que je dois faire le ménage, aider Ne Min et repeindre le bureau de Timir pendant que le dompteur travaille de son côté avec Nandita. J'essaie de l'épier quand j'apporte de l'eau à la cuisine ou que je remplis l'abreuvoir, mais les arbres me cachent la piste.

Un jour que je suis dans la réserve à provisions, j'entends Timir m'appeler à grands cris. Peut-être que si je reste à l'intérieur, il me croira parti à la source ? Le cœur battant, je me tapis entre deux gros sacs de riz et je serre la pierre de Baba pour me donner du courage. Le silence enfin revenu, j'entrouvre légèrement la porte et, une fois assuré que la voie est libre, je me faufile dehors.

Parmi les arbres qui entourent le cirque, il y a un grand tamarinier. Son feuillage est si dense que personne ne me verra si j'arrive à y grimper. Malheureusement, Timir m'aperçoit au moment où je m'élance vers l'arbre. Il est accoudé à la barrière, en train d'observer le travail de Sharad. Nandita se tient de profil, mais elle surveille Timir du coin de l'œil. J'ai remarqué qu'elle se raidit dès qu'elle le voit ou qu'elle entend sa voix. De toute évidence, cet homme lui fait peur.

– Eh bien, où étais-tu passé ? me hurle-t-il. J'attends toujours la deuxième couche de peinture de mon bureau !

Je prends donc la direction du bureau, chargé du seau de peinture et du pinceau. Peu après, j'entends Nandita pousser un cri. Le même que dans son cauchemar, mais en pire. Encore plus déchirant. Comme le rideau d'arbres me bouche la vue, je laisse tomber le pinceau et je me précipite vers l'enclos. Nandita court en rond sur la piste. En me voyant approcher, Timir me lance un regard qui me fige sur place. Sans un mot, il pointe l'index vers son bureau. Je rebrousse chemin, la mort dans l'âme.

Le jour suivant, j'ai beau être occupé par mes nombreuses corvées, les heures n'en finissent pas de s'étirer. Juste avant d'aller aider Ne Min en cuisine, je me glisse en catimini près du bureau de Timir. Je n'ose pas regarder à l'intérieur pour vérifier, mais il est sûrement là car je l'entends grommeler en froissant des papiers.

Aussitôt, je cours vers le cirque et je grimpe dans le tamarinier pour assister à l'entraînement de Nandita. Sharad lui ordonne de passer à travers un grand cerceau qu'il tient à bout de bras.

Quel exercice stupide ! Pas étonnant qu'elle n'ait aucune envie de le faire. Au moment où Sharad change de position, j'aperçois le crochet dans sa main droite. Je me penche pour mieux voir. On dirait que Nandita s'apprête malgré tout à obéir. Elle avance et lève une patte.

– Bien ! Tu es une gentille fille, l'encourage le dompteur.

C'est alors que Nandita se détourne, s'écarte du cerceau et frappe Sharad sur les fesses avec sa trompe. Je pouffe de rire en silence.

Furieux, Sharad jette le cerceau qui tourbillonne un instant sur lui-même avant de s'affaler par terre.

Voyant Sharad lever le bras, Nandita recule craintivement, mais le crochet fend l'air et s'abat sur son dos. Elle hurle de douleur.

Je me bouche les oreilles et ferme les yeux.

Je ne sais pas combien de temps s'écoule, mais lorsque je rouvre les paupières, Sharad a disparu. Nandita, enchaînée au piquet, piétine sur place. Même si je meurs d'envie d'aller la consoler, je redescends de l'arbre et me rends directement à la cuisine.

Je suis sans doute en retard pour la préparation du dîner, mais pour l'instant je m'en fiche totalement.

Ne Min se tient devant le fourneau, dos à la porte.

– Je l'ai vu, dis-je en entrant.

À ces mots, Ne Min se tourne vers moi.

– Sharad. J'ai vu comment il la traite. Vous m'aviez prévenu, mais c'est différent de voir ça en vrai et...

J'ai la gorge trop serrée pour terminer ma phrase.

Ne Min s'approche de moi et pose une main sur mon épaule.

– Sharad a un bon fond, déclare-t-il.

Comme je m'apprête à protester, il m'interrompt d'un geste.

– Tu n'as pas encore eu l'occasion de t'en rendre compte. Cette part de bonté est enfouie en lui depuis si longtemps qu'il l'a sûrement oubliée lui-même. Mais je pense qu'elle est toujours présente. Espérons pour Nandita que Sharad retrouvera un jour sa gentillesse.

Je suis encore sous le coup de la colère. Après la nouvelle blessure que le dompteur vient d'infliger sous mes yeux à Nandita, je reste persuadé qu'il n'y a rien de bon en lui, enfoui ou pas. Ne Min se trompe.

15

« Les herbes sèches se conservent bien mais ne sont pas assez nourrissantes pour constituer la seule alimentation d'un éléphant. »

Les éléphants de la jungle, Tin San Bo

Maintenant que je sais de quelle façon Sharad traite Nandita, je m'occupe encore mieux d'elle car je me sens responsable de sa santé. Au cours des semaines suivantes, je redouble de vigilance. Quand je la frotte à l'heure de la baignade, je l'examine sous toutes les coutures pour m'assurer qu'elle n'a pas de nouvelle blessure. J'espère chaque fois que je ne découvrirai rien, mais, comme me l'a dit Ne Min, je tombe souvent sur des choses qui font mal à voir. À l'heure des repas, je surveille ce que mange mon éléphanteau. A-t-il meilleur appétit que la veille, ou grignote-t-il du bout des dents ? Je ne sais pas quelle quantité de nourriture il lui faut exactement, mais je prends note de ce qu'il avale quotidiennement.

Conformément aux ordres de Timir, je tiens toujours Nandita en laisse dès que je l'emmène quelque part, mais ce n'est plus vraiment la peine car elle me suit partout. Même quand je vais aux cabinets, elle m'attend devant la porte !

J'ai compris qu'elle aimait bien qu'on lui caresse le front et la trompe, mais pas le dos. Lorsque je suis en train de travailler, elle me donne des petits coups de tête pour que je m'occupe d'elle. Elle fait pareil avec Ne Min, qui la cajole souvent... mais sans la regarder.

Un soir, devant la mangeoire extérieure, je vois Nandita prendre du foin avec sa trompe, puis le jeter par terre au lieu de le porter à sa bouche. Je vais chercher une hache dans la cabane à outils et cours vers un tamarinier pour abattre une branche chargée de cosses couleur de sable.

Derrière l'éléphanterie, les arbres sont plus denses. Alors que je passe de l'un à l'autre pour trouver de quoi nourrir Nandita convenablement, je repère les larges feuilles d'un manguier dont je coupe également une branche.

Nandita se jette sur les fruits et les mâche avec gourmandise. Elle a à peine fini sa dernière mangue qu'elle m'arrache la branche de tamarinier des mains.

– Eh ! Pas si vite, impatiente !

Nandita engloutit les fruits un par un, puis s'attaque aux feuilles, et pour finir, à l'écorce.

Je la ramène à l'éléphanterie et décide de m'asseoir pour sculpter quelque chose dans le bois de manguier. Tout le monde étant rentré chez soi, y compris Timir, je peux enfin m'accorder un peu de répit sans risque de me faire disputer.

À l'aide du couteau de Baba, j'enlève de petits éclats pour arrondir le bout de mon morceau de bois, puis je taille l'autre extrémité de façon à former un socle bien plat.

Une fois le bloc posé par terre, je commence à sculpter un visage. Je sens planer la présence de mon père, qui m'observe et me guide pendant mon travail. *Égalise cette partie-là. Maintenant, creuse les yeux. Attention à ne pas te couper, tiens bien ton couteau.*

Ne t'inquiète pas, Baba, je suis prudent.

Le personnage qui se dessine peu à peu ne ressemble pas du tout à celui que j'avais en tête. J'avais l'intention de sculpter une figurine de Ganesh, comme celle de chez moi, mais en plus petit. Seulement voilà : mon dieu-éléphant a la tête de travers et une oreille plus grande que l'autre. Rien à voir avec les sculptures de Baba, si régulières, si lisses. Comment s'y prenait-il pour arriver à un résultat aussi parfait ? La peau de mon Ganesh est aussi bosselée qu'une route pleine de nids-de-poule. Par contre, les yeux sont réussis – petits, bien espacés –, ils lui confèrent une expression à la fois sage et rieuse. Je l'installe dans le coin où je dors, tout près de l'endroit où je pose la tête. Comme il penche légèrement, je glisse un peu de paille en dessous pour éviter qu'il bascule. J'espère que Ganesh ne m'en veut pas de lui avoir donné cette forme-là.

Un matin, alors que je sers le petit déjeuner, Timir demande à Sharad :

– Tu seras prêt quand pour le spectacle ? Il serait temps de commencer !

– Cet éléphant a la tête dure, répond Sharad. Il a du mal à assimiler les tours que je lui ai appris, et je ne l'ai pas encore entraîné pour les promenades.

– On n'a qu'à démarrer avec les numéros qu'il connaît déjà, sinon on ne gagnera pas d'argent avant des mois ! Il faut le faire travailler davantage, cet animal ! Débrouille-toi pour qu'il apprenne les autres tours en vitesse.

– Avec ceux qui sont déjà au point, on pourrait commencer les représentations début février.

– Donc dans deux semaines. Très bien. Il ne nous reste plus qu'à informer le monde que le Cirque Timir est de retour ! Le gamin et toi, vous préparerez les affiches publicitaires dès ce soir.

Chaque jour, Nandita essaie de me suivre après que je l'ai conduite dans l'enclos du cirque. Je passe le bras par-dessus la clôture et lui caresse la tête. Je déteste la laisser entre les mains de Sharad et je frémis à l'idée de ce qu'il va lui faire subir, maintenant que Timir lui a ordonné d'intensifier les séances de dressage.

– Sois sage, Nandita, et obéis bien à Sharad.

Pour toute réponse, elle me touche le nez du bout de sa trompe.

Quel genre de *mahout* suis-je donc, pour confier mon éléphanteau à un homme qui le fait souffrir ? D'un autre côté, comment pourrais-je le protéger ?

Après le dîner, Sharad s'attarde dans la cuisine pour réaliser les affiches. Dès qu'il a fini d'en dessiner une et de tracer les lettres au crayon, il me la passe pour que je la colorie.

Je reste un bon moment sans lui adresser la parole. Le simple fait de le regarder me rappelle la fois où je l'ai vu frapper Nandita avec son cruel crochet. Mais vis-à-vis d'elle, j'ai conscience que ce n'est pas bien de me taire. Étant donné que Sharad a refusé d'écouter Ne Min, il y a peu de chances pour qu'il m'écoute à mon tour, mais il faut absolument que je lui parle. Nandita a déjà beaucoup trop de blessures.

L'affiche que je viens de peindre représente un éléphant en train de taper dans un ballon. Je la mets de côté pour la faire sécher.

Dès que je pose les yeux sur Sharad, je revois le crochet, j'entends les cris de Nandita.

– Je ne veux plus que vous lui fassiez du mal, dis-je d'une voix étranglée.

J'ai l'impression d'avoir un python autour de la gorge.

– Qu'est-ce que tu racontes ? me lance Sharad en se tournant vers moi.

Je respire à fond et m'efforce d'avoir l'air plus courageux que je ne suis.

– Si vous êtes un bon dompteur, vous n'avez pas besoin de crochet pour dresser un éléphant.

À ces mots, Sharad bondit de son siège et s'approche de moi. Comme je suis assis par terre, j'ai l'impression d'être face à un géant.

– Qu'est-ce que tu connais aux éléphants, d'abord ? hurle-t-il. Tu n'as pas passé ta vie avec eux, tu n'as pas vu... Tu ne sais pas de quoi ils sont capables !

Je recule précipitamment en le voyant tirer le crochet qu'il porte à sa ceinture.

– Il faut leur montrer qui est le maître ! ajoute-t-il en m'agitant l'horrible outil sous le nez.

Puis il se détourne, plante le crochet dans le bois de la table et reste les mains posées à plat, le souffle court.

Je réfléchis en vain à ce que je pourrais dire. Sharad a l'air abattu d'un homme qui a besoin de réconfort, mais je n'ai pas envie d'être gentil avec lui, ni de l'assurer que tout va s'arranger, puisque ce n'est pas certain.

– Il faut leur montrer qui est le maître, répète-t-il, mais cette fois d'une voix presque inaudible.

Après avoir récupéré son crochet, il sort, laissant son affiche en plan.

Lorsque je quitte la cuisine à mon tour, Timir me repère immédiatement. J'aimerais bien me cacher ou faire semblant de ne pas le voir, mais c'est trop tard.

– Va nettoyer mon bureau ! m'ordonne-t-il de loin.

Je me serais bien passé de cette corvée supplémentaire. Il y a tellement de désordre dans ce bureau que je ne sais par où commencer. Les papiers roulés en boule par terre, j'imagine qu'ils sont bons à jeter. Timir ignore donc qu'il y a une corbeille ? Pourtant elle est bien là, juste au pied de la table. C'est à croire qu'il ne sait pas à quoi elle sert. Une fois les papiers ramassés, je commence à essuyer les meubles avec un chiffon.

Le canapé est tout affaissé, et son tissu râpé à plusieurs endroits, mais il me semble divinement confortable lorsque je m'assieds dessus. Je suis si épuisé que je ferme les yeux, le temps de me reposer quelques minutes avant de me remettre au travail.

Peu à peu mon esprit divague, et Chanda m'apparaît en rêve. Assise sur les genoux d'Amma, elle se livre à son jeu favori : laisser tomber sa poupée par terre pour que je la ramasse. Dès que je la lui rends, elle recommence en riant. Mais, tout à coup, la poupée que je lui tends se transforme en un serpent prêt à mordre.

J'ai beau dormir, j'entends le *tap-clic-tap-clic* des pas de Timir et de sa canne. Du fond de mon rêve je m'entends crier « Réveille-toi ! », mais c'est impossible. Quand j'entrouvre enfin les yeux, Timir est là, devant moi, sa canne brandie au-dessus de ma tête.

– Ah ! C'est du joli, monsieur dort au lieu de travailler ! J'ai bien fait de venir vérifier. Tu viens de gagner trois mois de plus ici. J'ai l'impression que tu as vraiment envie de rester avec moi.

On est au milieu du mois de janvier, mais c'est la succession des pleines lunes qui me renseigne sur les mois écoulés, et non les encoches que je grave dans le bois. Je continue à en faire une chaque soir, mais j'ai cessé de les compter car je ne sais plus combien de jours j'aurai encore à travailler ici. Timir saisit n'importe quel prétexte pour allonger mon temps de service. Par exemple, si je renverse une brouette et que je laisse traîner un peu de paille par terre, ou si j'oublie de ranger un pot de peinture ou un outil.

Si seulement je pouvais dire: *Regarde, Nandita, déjà cent entailles. Encore le triple et je pourrai rentrer chez moi*, cela m'encouragerait. Si je pouvais fêter la fin d'une longue rangée d'encoches s'étirant d'un bout à l'autre de la cloison et penser *encore le double, et je serai libre de partir*, le décompte des jours aurait un sens. Mais quand viendra l'heure de graver la dernière marque ? Je l'ignore. Et pourtant, je persiste, ne serait-ce que pour garder la notion du temps.

Ce soir, Nandita s'est endormie avant moi. Elle se réveille au beau milieu de la nuit en entendant les barrissements d'un troupeau d'éléphants dans la jungle. Elle se lève aussitôt, bat des oreilles et répond à grands cris. Je me demande s'il s'agit de sa harde.

– Je sais, ma famille me manque aussi, lui dis-je dans un murmure.

Finalement, le troupeau s'éloigne et le silence revient. Nandita se calme et se couche près de moi, la trompe posée en travers de mon ventre.

Je me tourne vers la statuette de Ganesh et lui adresse une prière pour nous deux :

– Ganesh, toi qui es plein de sagesse,

Toi par qui arrivent toutes les bonnes choses,
Accorde-nous ta bénédiction
Et libère-nous de la peur.

Est-ce qu'il m'a entendu ? Serai-je un jour libre de quitter cet horrible endroit ?

16

« Les éléphants savent s'amuser. »
Les éléphants de la jungle, Tin San Bo

La date du premier spectacle approche, et nous travaillons sans arrêt. Je croyais cela impossible, mais Timir est encore plus exigeant qu'avant. Et comme Nandita se réveille deux fois par nuit pour réclamer un biberon de lait, je suis comme un somnambule pendant la journée.

Heureusement, Nandita a brouté l'herbe qui poussait sur la piste, c'est toujours ça de moins que j'aurai à nettoyer. En revanche, il faut que je dégage une aire de parking pour les voitures.

Timir s'est rendu dans la ville voisine afin de coller les affiches annonçant la réouverture du cirque. Deux jours plus tard, il y est retourné pour faire de la publicité auprès des hôtels et des chauffeurs de car. Cependant, il a l'air inquiet, et sa nervosité finit par déteindre sur nous tous. Sharad est excédé de ses éternelles questions – il n'oserait jamais l'exprimer à voix haute –, mais je le vois à sa façon de lever les yeux au ciel quand le patron a le dos tourné.

– Le numéro du cerceau, il est au point ?

– Oui, répond chaque fois Sharad. Parfaitement au point.

– Et pour le jeu, comment s'en sort-elle ? Et la boîte, elle est prête ? Elle est assez solide pour supporter son poids ?

Voici venu le grand jour. Nous allons enfin assister au spectacle pour lequel nous avons tellement travaillé. Après avoir rempli l'abreuvoir, je vérifie que je n'ai oublié aucune corvée. Ne Min sort de la cuisine et me demande de lui apporter du bois.

Alors que j'empile les bûchettes à côté du fourneau, j'entends soudain un bruit de moteur. Je me précipite au dehors et vois un car brinquebalant s'engager dans l'allée.

Les premiers visiteurs commencent à faire la queue devant la table que Timir a installée près de la piste. *Entrée : 25 roupies*, signale un écriteau. Timir encaisse l'argent que lui remettent les clients. Certains regardent autour d'eux avec étonnement.

– Mais où sommes-nous ? Le chauffeur devait nous emmener dans les magasins, il doit y avoir une erreur !

– Rassurez-vous, vous ne serez pas déçus, leur affirme Timir avec un large sourire. Entrez, entrez ! Soyez les bienvenus !

Son amabilité me rappelle notre première rencontre, quand il m'a offert du thé et des samoussas, et qu'il m'a convaincu d'accepter ce travail formidable.

Il invite les visiteurs à aller s'asseoir dans le cirque à ciel ouvert. Les deux bancs du bas sont tout près de la barrière qui entoure la piste, mais suffisamment hauts pour que celle-ci ne leur bouche pas la vue. Les trois rangées suivantes sont surélevées, de sorte que les spectateurs ne soient pas gênés par ceux de devant.

Arrivent ensuite deux taxis et le minibus d'un hôtel. Je remarque que les gens qui en descendent paient leur entrée, mais pas les chauffeurs. Au contraire, Timir leur glisse de l'argent à chacun. *Il les paie pour venir au cirque ?* Les trois hommes rejoignent le public et prennent place au dernier rang.

Juste avant le début du spectacle, je vais dans la cuisine chercher un petit banc que je pose en bordure de la piste. Il est trop bas par rapport à l'enceinte, mais je parviendrai quand même à voir l'essentiel à travers les planches. Bien sûr, je pourrais rester debout, mais pas Ne Min, qui risquerait à la longue de se fatiguer. Je cours le prévenir que je lui ai réservé une place assise.

– Non merci, Hastin, je préfère rester ici, me dit-il sans lever les yeux de son fourneau.

– Mais c'est la première représentation de Nandita ! Elle a travaillé dur, vous n'avez pas envie de la voir ?

– Pas aujourd'hui. Non.

À son intonation, je devine qu'il est inutile d'insister. Un peu comme en présence d'un scorpion qui dresse son dard en guise d'avertissement.

Je reviens donc m'asseoir seul sur mon petit banc. Je me retourne souvent du côté de la cuisine en espérant que Ne Min changera d'avis, mais il demeure invisible. Je ne sais pas du tout à quoi ressemblera le spectacle ni comment Nandita se comportera. Quelle sera la réaction de Sharad si elle n'exécute pas correctement les numéros qu'il lui a appris ? Cette question me tracasse, je serais plus tranquille si Ne Min était à mes côtés. En plongeant la main dans ma poche, je réalise que le vieil homme et ma pierre se ressemblent : malgré leur âge avancé et leur petite taille, ils dégagent une grande force. Tous deux me rassurent. Et, comme ma pierre, Ne Min a sans doute une longue histoire.

Je me demande où est Nandita. Peut-être faudrait-il que j'aille la voir ? À travers les arbres, je regarde en direction de l'éléphanterie. C'est alors que j'aperçois Ne Min qui approche de son pas traînant. Sans un mot, il vient s'asseoir à côté de moi. Je lâche ma pierre.

Tout à coup, une petite fille dans le public s'écrie :

– Le voilà ! Voilà l'éléphant !

Tous les regards convergent vers Nandita qui avance sous la houlette de Sharad. Ce dernier a revêtu son ancien costume de dompteur, mais sa veste rouge le boudine tellement que les boutons dorés sont tendus à craquer. Le col à jabot et les poignets de sa chemise sont tout froissés. Il porte par-dessus son pantalon blanc de hautes bottes de cuir noir qui ont sûrement connu des jours meilleurs. Il semble très fier de lui, mais personnellement je n'ai jamais rien vu d'aussi ridicule. S'agit-il d'un de ces déguisements de clown dont Timir m'a parlé ? Je plaque une main devant ma bouche pour retenir un éclat de rire.

Grand sourire aux lèvres, Sharad salue le public de sa main gantée... et bute sur une branche en travers de son chemin.

Oh non ! J'aurais dû m'assurer que plus rien ne traînait dans le passage qui mène à la piste. Avec tout le travail que j'ai fourni jour après jour, je n'en reviens pas d'avoir négligé ce détail. Quelle bêtise ! Enfin, peut-être va-t-il se rattraper et que personne ne s'en apercevra ?

Mais non. Sharad s'étale de tout son long en poussant un juron tonitruant, et les spectateurs laissent échapper une exclamation consternée. La peur au ventre, j'entends le *tap-clic-tap-clic* caractéristique de la démarche de Timir. Pas besoin de me retourner pour savoir qu'il est juste derrière moi.

– Tu passeras dans mon bureau après le spectacle, grince-t-il.

Sharad se relève, s'époussette rapidement, puis conduit Nandita au centre de la piste. Il la maintient de près par la chaîne, mais je vois bien que Nandita a tendance à s'écarter de lui. Les voilà qui s'arrêtent devant une caisse en bois aux couleurs vives.

– Monte ! ordonne le dompteur.

Nandita grimpe sur la caisse. Elle a l'air effrayée, comme si elle voulait s'enfuir de là au plus vite. J'aimerais tellement être auprès d'elle pour la rassurer ! Sharad se met à lui frotter la tête et le dos avec des feuilles de palmier.

– Je ne l'ai jamais vu faire ça, dis-je à Ne Min. Est-ce que les éléphants aiment ça ?

– Regarde mieux, Hastin.

C'est alors que je vois dépasser un morceau de métal de la manche de Sharad.

– Il a caché son crochet pour s'en servir à l'insu de tout le monde ?

– Oui. Mais Nandita le sait.

Elle sent certainement la froideur du métal à travers les palmes lorsque Sharad fait mine de la caresser.

Ne Min baisse les yeux, et je pose une main sur son épaule.

Sur l'ordre de Sharad, Nandita lève la trompe, puis une patte. Les spectateurs applaudissent poliment. Quelques-uns promènent leur regard autour d'eux, se demandant sans doute ce qu'il y a d'autre à voir dans cet endroit. Timir fait signe à Sharad d'enchaîner rapidement.

– Descends, lance le dompteur en pointant l'index sur le sol.

Nandita obéit.

– Assis !

Nandita s'assied sur la caisse comme sur une chaise, et le public applaudit de nouveau. Sharad sort un fruit de sa poche et le tend à l'éléphante à titre de récompense.

Viennent ensuite d'autres numéros : Nandita se dresse en équilibre sur les pattes postérieures, puis agite la trompe quand Sharad lui ordonne de dire bonjour. Tandis qu'elle attend docilement au milieu de la piste, Sharad s'empare d'un cerceau posé contre la clôture, juste devant moi, et que je n'avais pas remarqué jusqu'à présent. Il revient ensuite se poster devant Nandita et désigne le centre du cerceau avec le crochet entouré de feuilles de palmier.

– Allez !

Nandita refuse d'avancer.

– Alleeeez !! insiste le dompteur en effleurant les pattes avant de Nandita avec le bouquet de palmes.

Sur les gradins, les spectateurs commencent à s'impatienter. Je jette un coup d'œil à Timir, debout en bordure de la piste. Il serre sa canne si fort que ses jointures sont aussi blanches que l'ivoire de la poignée. De mon côté, j'enfonce mes ongles dans le bois du banc.

Nandita se décide enfin à lever une patte. D'un geste autoritaire, Sharad lui montre à nouveau le cerceau. Tête basse, un pied après l'autre, Nandita passe à travers sous les applaudissements de la foule. Ensuite, Sharad abaisse les palmes vers le sol, et les acclamations redoublent lorsque Nandita s'incline pour saluer.

Après lui avoir donné un autre fruit, le dompteur s'avance pour saluer à son tour. Nandita se glisse derrière lui, lève la trompe et…

Non, ne fais pas ça !

… elle le frappe sur les fesses. Les spectateurs éclatent de rire. Sharad fait volte-face et lève sa main armée du crochet, puis il se ravise et présente encore une fois le cerceau, mais au lieu de repasser à travers, Nandita s'en saisit et part avec en courant, brandissant son trophée au bout de sa trompe. Le public hurle de rire tandis que Sharad, rouge de rage, la poursuit en criant. Après l'avoir enfin rattrapée, il lui arrache le cerceau et le jette à terre. Puis il lui frotte l'arrière-train avec les palmes pour la ramener au centre de la piste.

– Et maintenant, mesdames et messieurs, pour notre dernier numéro...

Indifférent à la rumeur de déception qui s'élève des gradins, Sharad soulève la caisse et en sort un ballon. À sa vue, plusieurs enfants bondissent de leur banc et viennent se coller à la barrière.

Sharad dispose ensuite un chevalet de chaque côté de la piste. Sur l'un d'eux est clouée la silhouette d'un petit éléphant en bois.

Sharad lâche le ballon, commence à dribbler, puis fait une passe à Nandita qui pousse la balle devant elle en direction du chevalet orné de l'éléphant. J'ignore si elle a vraiment l'intention de marquer un but ou si Sharad l'a juste entraînée à courir vers ce chevalet, mais lorsqu'elle arrive devant, elle s'immobilise et... *paf !* tire droit dans le but. Les spectateurs, hilares, acclament ce premier point. Sharad donne deux fruits à Nandita, récupère la balle et s'éloigne vers l'autre chevalet en dribblant. Lorsqu'il marque un but à son tour, il se fait applaudir, mais nettement moins que Nandita.

Alors que le score s'établit à deux partout, Sharad repasse la balle à Nandita. Sur les gradins, la rumeur s'amplifie quand Nandita se rapproche de son but.

Mais voilà que Sharad lui vole le ballon au moment où elle s'apprête à tirer.

– Oooooh ! s'exclament les spectateurs avec dépit quand le dompteur marque un troisième point.

Nandita, profil bas, revient au milieu du terrain. Elle est peut-être déçue d'avoir raté l'occasion de recevoir un autre fruit, mais il me semble que, quelque part, elle est surtout peinée d'avoir perdu le match. Sharad ramasse le ballon et salue le public en grand vainqueur.

– Pas mal joué, pour un petit éléphant, n'est-ce pas ? claironne-t-il en tapotant la tête de Nandita. Merci à tous d'avoir assisté au spectacle et n'hésitez pas à revenir car nous allons...

Du bout de sa trompe, Nandita fait alors tomber le ballon coincé sous le bras du dompteur et court à nouveau vers son but. Les spectateurs lui font une véritable ovation lorsqu'elle égalise à trois partout.

Tandis qu'elle trotte sur la piste, Sharad s'efforce de sourire, mais je sens bien qu'il bout intérieurement.

Peu à peu, les visiteurs regagnent leurs véhicules, et nous leur faisons au revoir de la main jusqu'à ce qu'ils disparaissent au bout du chemin. Sitôt après, Sharad arrache les feuilles qui entourent son crochet et se dirige à grands pas vers la piste. Mais à peine a-t-il fait quelques mètres que Timir l'empoigne par le bras.

– Où vas-tu ?

– Donner une leçon à cet éléphant de malheur !

– Pas question, rétorque Timir. C'était parfait.

– Hein ? Mais il a saboté mes numéros, il m'a ridiculisé devant tout le monde !

– Pour nous, c'est une mine d'or. Les spectateurs ont adoré. Ils vont en parler autour d'eux et nous amener plein d'autres clients. La prochaine fois, je veux que tu reproduises ce spectacle à l'identique.

Après avoir nettoyé la piste, je me rends au bureau de Timir, ainsi qu'il me l'a demandé. Il semble tellement content de cette première représentation qu'il se montrera peut-être indulgent avec moi pour cette histoire de branche oubliée dans le passage. Du moins, je l'espère. Je l'entends discuter dans le bureau avec Sharad. Je reste dehors en attendant qu'ils aient terminé et je tends discrètement l'oreille.

– Plusieurs personnes m'ont réclamé des promenades à dos d'éléphant, déclare Timir. Quand pourrons-nous leur offrir cette distraction ?

– Je ne l'ai pas encore dressé pour ça, réplique Sharad. Et puis, il est trop petit pour supporter le poids d'un adulte.

– Alors entraîne-le avec le gamin !

– Il faut d'abord perfectionner certains tours. Pour l'instant, je n'ai pas le temps de...

– Ton père en aurait été capable, lui ! Dommage qu'il ne soit plus là.

Sharad ne dit plus rien, et Timir se met à remuer des papiers. J'en conclus que l'entretien est terminé, mais le dompteur se racle la gorge et reprend d'une voix à peine audible :

– Bon, je vais essayer de me débrouiller. Quant au gamin, j'aime autant ne pas travailler avec lui.

– Tu ferais mieux de t'habituer à lui, il n'est pas près de nous quitter.

Ces dernières paroles me font l'effet d'une douche glacée.

17

« Quand les nuits sont froides, les adultes se blottissent contre les éléphanteaux afin de les réchauffer. »

Les éléphants de la jungle, Tin San Bo

L'hiver touche presque à sa fin, et mes espoirs se sont évanouis en même temps que le soleil.

Comme l'avait prévu Timir, le bouche-à-oreille a bien fonctionné, et nous faisons salle comble à chaque spectacle, c'est-à-dire trois fois par semaine. Pourtant, le patron du cirque n'est pas satisfait. Le succès l'a rendu encore plus cupide qu'avant. Il veut augmenter le nombre des représentations, et nous sommes débordés de travail. Surtout Nandita.

Après chaque séance, je dois aider Sharad à dresser l'éléphanteau pour les promenades. Nandita fait des progrès, mais il a fallu longtemps pour l'habituer à avoir quelqu'un sur le dos. La première fois que je suis monté sur elle, elle s'est mise à courir en rond jusqu'à ce que je tombe. À présent, elle accepte mon poids, mais les promenades sont encore très acrobatiques.

Sharad jette une couverture sur le dos de Nandita, la fixe à l'aide d'une corde, puis ordonne à l'animal de s'agenouiller sur les pattes antérieures pour que je puisse grimper. Je m'agrippe à la corde pendant que Nandita fait le tour de la piste. Dès qu'elle commence à trotter, je me penche en avant et me tiens à son cou, même si ses poils me grattent horriblement la figure.

Quand vient l'heure du bain, Nandita est tellement fatiguée que je suis parfois obligé de la traîner jusqu'à la source. Le matin, j'ai de plus en plus de mal à la réveiller. Je ferais n'importe quoi pour l'aider, si seulement je savais quoi.

Elle me semble également très nerveuse. Elle sursaute au moindre bruit et se balance souvent d'avant en arrière. À force de tourner en rond quand on l'attache à son piquet, elle a fini par creuser une ornière dans la piste.

De mon côté, il y a quand même du mieux : mes corvées me sont de plus en plus faciles à effectuer. Au retour de la source, la bassine d'eau me paraît chaque jour plus légère que la veille. J'ai beau la remplir autant, je la transporte jusqu'à la cuisine sans avoir à faire plusieurs pauses en chemin.

Couper du bois me demande moins d'efforts. Mes bras se sont musclés au fil des mois et mes paumes sont devenues calleuses, si bien que je manie la hache beaucoup plus aisément qu'à mon arrivée.

– Tu pousses aussi vite qu'un bambou après la mousson, me dit Ne Min.

Si seulement c'était vrai ! Pour l'instant, Timir continue à me toiser de toute sa hauteur.

Quand reviendrai-je chez moi et que trouverai-je à mon retour ? Chaque fois que j'y pense, mon cœur se serre douloureusement.

Il ne se passe pas un seul jour sans que je songe à m'échapper d'ici. Il suffirait de m'enfuir lors d'un spectacle, ou bien de m'esquiver en pleine nuit et de marcher sans relâche jusqu'à mon village. Mais voilà : je me suis engagé à travailler ici, j'ai promis d'obéir à Timir.

Et lui, que m'a-t-il promis ? L'aventure, la belle vie ! Une année de service, alors qu'il n'a nullement l'intention de me libérer.

Quand je vais remplir la bassine à la source, une petite voix tentatrice me souffle : *Vas-y, c'est le moment ! Si tu pars maintenant, ils mettront un bon bout de temps avant de s'en apercevoir.*

Mais que se passerait-il pour ma famille ? Je travaille pour rembourser les médicaments et les frais d'hôpital de Chanda.

Et Nandita, que deviendrait-elle ? Je lui ai promis de ne pas m'en aller sans elle.

Incapable de trouver le sommeil, je reste allongé sur ma paillasse avec un mal de tête affreux. J'ai oublié la raison pour laquelle Timir m'a encore frappé, mais la douleur persiste. Du bout des doigts, je tâte la bosse que m'a laissée le pommeau de sa canne. J'en ai assez fait pour lui. Le moment venu, je partirai. Mais quand ?

Je caresse la pierre au fond de ma poche. Un jour, j'ai demandé à Baba comment cette pierre avait réussi à quitter le lit de la rivière où elle reposait depuis si longtemps. Il n'a pas su répondre à ma question.

Et puis un soir, juste après le départ de Timir et des autres, j'arrête de lutter contre moi-même. Au lieu de me raisonner, je décide d'écouter cette petite voix qui me pousse à m'enfuir. Il fait encore légèrement jour. Avec Nandita, je me dirige vers le portail en bois en espérant qu'il sera assez large pour qu'elle puisse passer. Il aurait été plus simple de sortir par le grand portail métallique, mais il est fermé avec une grosse chaîne et un cadenas.

Je franchis la porte en premier. Derrière moi, Nandita hésite, comme si elle craignait de rester coincée dans l'étroite ouverture.

– Allez, avance, on n'a pas le choix, lui dis-je en tirant sur sa chaîne pour l'encourager.

Dans un sinistre craquement de bois, Nandita s'engage enfin entre les montants du portail. Je vois voler quelques éclats d'écorce, mais elle réussit de justesse à se faufiler. Ça y est, nous voici en dehors de la propriété.

Nous longeons la clôture jusqu'au sentier qui mène à la rivière. Je compte laisser Nandita dans la forêt, à l'endroit où j'ai vu les éléphants pour la dernière fois. Seront-ils encore là ? Se demandent-ils ce qu'elle est devenue ? J'ignore si un troupeau se déplace en permanence ou s'il demeure toujours dans le même secteur, mais je ne vois pas d'autre solution.

Quant à moi, par où irai-je après avoir quitté Nandita ? Je m'arrête et inspecte les environs, puis je ferme les yeux pour réfléchir. Je me souviens du soleil aveuglant, le matin où Timir m'a emmené loin de chez moi.

En rouvrant les yeux, j'aperçois la lueur orangée du soleil couchant. Je suppose que mon village se situe dans cette direction.

Nous continuons à marcher vers la rivière. Régulièrement, je jette un coup d'œil vers l'ouest et j'essaie de mémoriser certains repères, de façon à garder le cap lorsque la nuit tombera.

L'obscurité et le froid augmentent à mesure que nous avançons. Quand je souffle, des petits nuages de buée se forment devant ma bouche. Je regrette de n'avoir pas prévu de meilleur plan. Dire que je suis en pleine jungle, sans rien à part un canif, les vêtements que j'ai sur le dos, et un éléphant apprivoisé au bout d'une chaîne !

Bon. Et maintenant ? Nous voici arrivés à la rivière, juste à l'endroit où Nandita et sa famille venaient boire et se baigner. Ils y sont peut-être venus aujourd'hui, mais, vu l'heure tardive, ils n'y sont plus. S'ils se trouvent encore dans les parages, il y a une chance pour qu'ils entendent Nandita les appeler. Mais comment lui faire comprendre ça ?

Je la libère de sa chaîne.

– Vas-y, Nandita, cherche les tiens. Appelle-les, crie de toutes tes forces !

La jeune éléphante me touche le nez avec sa trompe. Je l'embrasse sur le front et lui passe les bras autour du cou.

– Au revoir, Nandita. Tu es libre maintenant, et moi aussi. Tu te souviens de ton amie Indurekha, celle qui a la peau claire comme une lune voilée par les nuages ? Demain matin, tu joueras de nouveau avec elle dans la rivière.

Je dois m'éloigner. Tant que je resterai auprès d'elle, Nandita n'aura aucune raison de crier. La tristesse m'envahit à l'idée de me séparer d'elle. J'ai honte de l'abandonner ainsi. Je sais qu'elle va avoir horriblement peur toute seule, mais c'est le seul moyen pour qu'elle se mette à appeler ses parents.

Pour l'instant, elle essaie de décrocher une mangue qui pend au-dessus de sa tête. Comme la branche est trop haute, je l'abaisse pour elle. Pendant qu'elle mastique le fruit, je prends le bout de sa trompe entre mes mains et souffle doucement dedans.

– Souviens-toi de moi, lui dis-je avant de partir en courant.

Peu après, j'entends derrière moi un froissement de branchages. J'ai à peine le temps de me retourner pour voir de quoi il s'agit, que je me retrouve plaqué au sol : Nandita vient de me heurter de plein fouet ! Je me remets debout, déjà trempé à cause de l'humidité de la terre.

– Nandita ! Qu'est-ce que tu fabriques ? Reste ici et attends ta famille.

Pour toute réponse, elle me touche à nouveau le bout du nez avec sa trompe. Si seulement elle pouvait comprendre ! Je pose une main sur son dos et la reconduis vers le grand banian. Comment pourrais-je rentrer chez moi en la laissant seule ici ? Elle est encore si jeune qu'elle n'aurait aucun moyen de défense contre un tigre. D'un autre côté, je ne peux pas l'emmener dans mon village, il fait beaucoup trop sec pour elle dans la région désertique où j'habite. C'est décidé : dès l'aube, nous longerons la rivière jusqu'à ce que nous retrouvions sa harde. Alors que je m'adosse à un arbre, Nandita s'allonge à mes pieds.

Pour la protéger du froid, je ramasse des feuilles mortes que j'entasse dans les pans de ma chemise avant de les renverser sur elle. Mais la plupart glissent sur son flanc et celles qui restent forment une couverture trop mince. Je me blottis contre Nandita pour qu'elle profite de la chaleur de mon corps.

Les yeux fermés, je réfléchis à toutes les choses qu'on devrait emporter lorsqu'on projette de s'enfuir dans la jungle, en plein hiver, avec un jeune éléphant. Des couvertures. Une hache pour abattre des branchages et s'en faire un abri contre le froid. De la nourriture. Les fruits ne manquent pas dans la forêt, et Nandita peut se rassasier de feuilles, mais, personnellement, je préférerais un bon bol de riz. Et des samoussas. Et des galettes tout juste sorties du four, qui me réchaufferaient les mains et sur lesquelles je verserais du babeurre…

Il me faudrait aussi une torche et des allumettes pour faire du feu… Je m'endors en pensant à mon village et au four commun autour duquel nous nous réunissions le soir. Au plus froid de l'hiver, je posais les mains sur le ventre d'argile du fourneau et ne les retirais qu'au moment où la chaleur devenait insupportable.

Mon sommeil est si léger que je me réveille souvent. Flottant dans un curieux brouillard entre rêve et réalité, j'oublie où je suis, je m'imagine chez moi, avec Amma et Chanda en parfaite santé. Je m'accroche à cette vision le plus longtemps possible. Parfois, la réalité s'impose si brusquement à moi que j'éprouve comme un coup de poignard au cœur. À d'autres moments, elle s'esquisse peu à peu et me laisse le temps de prendre conscience des bruits étranges qui m'entourent et de la froide humidité du sol. *Ah oui, c'est vrai, je suis ici, dans la jungle. Pas chez moi. Peut-être que Chanda est guérie, peut-être pas.*

– Oui, je suis réveillé, dis-je à voix haute, comme si quelqu'un venait de me secouer. J'entrouvre les paupières, mais il n'y a personne. Je touche le flanc de Nandita, là où ma tête était appuyée quelques secondes plus tôt. Nandita tremble dans son sommeil.

Je me lève et tire sur la chaîne en claquant des dents.

– Debout, Nandita !

Elle me lance un regard vague et repose sa tête par terre.

– Non, il faut qu'on rentre !

Je lui tapote le dos avec insistance. Si jamais il lui arrivait malheur, ce serait entièrement ma faute.

J'entoure la chaîne autour de mon poignet et recule de quelques pas en tirant plus fort.

Que vais-je faire si elle refuse de bouger ? La seule personne en qui j'ai confiance et que Nandita écouterait peut-être, c'est Ne Min. Mais même si je réussissais à trouver sa maison et à le sortir de son lit, je ne vois pas comment il pourrait m'aider. Vu son âge, il lui faudrait un temps fou pour venir jusqu'ici, et cette longue marche en pleine nuit et dans le froid lui serait horriblement pénible. J'aurais alors un vieillard épuisé et un éléphant à demi mort de froid sur les bras.

Avec l'énergie du désespoir, je tire à nouveau sur la chaîne. Nandita se met enfin debout, et nous repartons vers l'endroit où l'on nous retient tous deux captifs mais où nous serons néanmoins en sécurité pour cette nuit.

Je ne croyais pas que je serais aussi soulagé de retrouver le cirque. Dès le portail franchi et soigneusement refermé derrière nous, je cours à l'éléphanterie chercher les couvertures. J'en pose une sur le dos de Nandita, l'autre sur sa tête. Je me rends ensuite à la cuisine. Nandita m'y rejoint aussitôt et s'allonge par terre pendant que j'allume un feu. J'ai tellement froid que, pour un peu, je me glisserais dans le four.

Avant de retourner nous coucher, je prépare un biberon de lait pour Nandita.

Les flammes qui brillent dans l'obscurité nous réchauffent progressivement, et Nandita ne tarde pas à ronfler. Malgré ma fatigue, je n'arrive pas à dormir. Je pose la bouteille vide à côté de l'évier, puis je prends un morceau de bois et je commence à sculpter un éléphant. *Pour toi, Chanda, en espérant que je te reverrai un jour.*

Au moment où je finis de peaufiner les oreilles, Nandita tourne la tête vers moi et ouvre les yeux. Elle enroule sa trompe autour de ma statuette, puis se rendort, serrant le petit Ganesh comme un enfant sa poupée.

– D'accord, Nandita, dis-je en riant. Tu peux le garder, j'en ferai un autre pour ma sœur.

Dans un profond bâillement, je m'allonge à côté de ma protégée et sombre rapidement dans le sommeil.

Un vrombissement de moteur me réveille en sursaut.

– Debout, Nandita ! Il faut sortir d'ici !

Après avoir ramassé les couvertures en toute hâte, je ramène Nandita à l'éléphanterie. Il était temps : Timir vient juste de se garer. De loin, j'aperçois Ne Min qui arrive à pas lents. Je ne pense pas qu'il m'ait vu.

Alors que je regagne la cuisine, j'entends tonner la voix furieuse de Timir :

– Non mais, regardez-moi ce bazar ! Qu'est-ce que c'est que ces copeaux qui traînent partout ? Le gamin et toi, vous n'avez pas passé le balai, hier soir ?

– Excusez-moi, patron, répond Ne Min. Hastin est allé me chercher du bois et j'ai oublié de nettoyer ensuite. Mais je vais le faire immédiatement, rassurez-vous.

– Non, pas la peine. Occupe-toi plutôt du petit déjeuner.

Il me croise en sortant et me crie au passage :

– Au travail, toi, et vite !

Après le départ de Timir, je m'excuse auprès de Ne Min :

– Je suis désolé pour les éclats de bois. C'est ma faute, je vais aller le dire à...

– Chut ! me dit le vieux cuisinier en glissant mon canif dans la poche de ma chemise. Il a fait froid, la nuit dernière, hein ? Rien de tel qu'un bon feu pour se réchauffer.

18

« Un éléphant isolé essaie toujours
de retrouver la trace de sa harde. »

Les éléphants de la jungle, Tin San Bo

Les jours commencent à s'allonger et à se réchauffer. Pour la première fois depuis des mois, je compte les entailles que j'ai gravées dans le bois, près de ma paillasse. Arrivé à cent, je les barre d'une longue ligne de manière à faciliter le calcul la prochaine fois. Après avoir compté celles de la rangée du dessous, je réalise que je suis ici depuis presque six mois.

Les cheveux me tombent sur les yeux. Ils m'arrivent maintenant aux épaules et sont si emmêlés que mes doigts restent coincés quand j'essaie de les repousser en arrière. À la maison, Amma me les coupait avec ses ciseaux de couture et les jetait ensuite au vent. Un jour, près de chez nous, j'ai trouvé un nid tissé avec des brindilles et des cheveux noirs.

Je vais chercher les cisailles dans la réserve, j'attrape ma tignasse d'une main et la coupe mèche par mèche.

Dehors, le vent souffle en direction de chez moi. Je prends une poignée de cheveux et, bras tendu, je la regarde s'envoler dans les airs. Je rêverais qu'elle atteigne un jour mon village, afin de servir à la construction d'un nouveau nid. En le voyant, Amma comprendrait alors que je vais bien.

Je suis plus décidé que jamais à m'échapper. Mais cette fois, pas question de partir sur un coup de tête et de mettre Nandita en danger. Je dois être fin prêt.

Un soir, en revenant de la baignade, je cache une bouteille de teinture d'iode vide munie d'un bouchon dans un coin de l'éléphanterie. Je sais que nous n'aurons aucune difficulté à trouver de l'eau tant que nous serons en forêt, mais il n'en sera pas de même par la suite.

J'ai toujours mon canif sur moi. Le moment venu, je prendrai la hache pour abattre le poteau qui soutient le portail métallique. Lors de notre dernière tentative d'évasion, Nandita est passée de justesse par le portail en bois, mais elle a grandi depuis, et il ne nous serait plus possible d'emprunter cette sortie.

Chaque jour, que je travaille ou que je dorme, je rêve de rentrer chez moi. Je m'imagine, foulant à nouveau le sable sec, apercevant la fumée du four de mon village et sentant l'odeur du pain chaud en train de cuire. Et le visage souriant de ma mère.

J'ai hâte d'entendre les meuglements de notre vache, de jouer à la balle avec Raj, et même de revoir un chameau ! Mais par-dessus tout, j'ai hâte de savoir si Chanda est guérie.

Un matin, pris de panique, je rejette ma couverture et me lève d'un bond en réalisant que c'est le soleil, et pas Nandita, qui m'a réveillé. J'ai dormi d'une seule traite. Normalement, Nandita me réclame encore un biberon la nuit. Pourvu qu'elle ne soit pas malade !

Je lui touche le front. Elle ouvre un œil, le referme aussitôt et se remet à ronfler paisiblement. Je pousse un soupir de soulagement.

– Plus besoin de biberon la nuit ? Te voilà une grande fille, Nandita !

Comme Ne Min n'est pas encore arrivé, je pose la bassine d'eau sur le fourneau, puis je m'assieds par terre pour travailler à ma nouvelle sculpture. Sans avoir le talent de mon père, je commence à faire des progrès. Cette statuette est nettement mieux que les précédentes : de forme régulière, bien équilibrée, il n'y a pas à s'y tromper, elle ressemble vraiment à un éléphant. Pourtant, il y a quelque chose qui ne va pas. Ou plus exactement, il lui manque quelque chose...

Ne Min entre dans la cuisine en traînant les pieds et se penche pour examiner mon œuvre.

– On dirait que cette statuette a été faite par quelqu'un qui n'a jamais vu d'éléphants de sa vie, me dit-il. Ou alors, seulement en peinture. Un éléphant ne se tient jamais aussi raide ni aussi immobile, voyons !

– D'accord, Ne Min. Mais c'est normal, celui-ci est en bois.

– Oui : un bloc de bois qui a la forme d'un éléphant, c'est tout. Quand tu l'as sculpté, tu t'es représenté un animal figé. Essaie plutôt de l'imaginer en mouvement, plein de vie, et cela changera tout.

Tandis que Ne Min s'affaire, je ferme les yeux et je repense à la première fois que j'ai vu un troupeau d'éléphants. *Le sol de la forêt tremblait sous leurs pas... Ils sont entrés dans la rivière, se sont mis à jouer, se sont aspergés avec leur trompe... Cette trompe sans cesse en mouvement, décrochant les fruits des arbres, arrachant le feuillage, cassant des branches...*

Je rouvre les yeux et regarde la statuette inerte au creux de ma paume. Ne Min a raison, jamais un éléphant n'a eu pareille posture. Non seulement statique, mais raide, comme planté dans le sol. Et la trompe – on dirait un serpent mort ! Si je lui ajoute quelques courbes, peut-être paraîtra-t-elle plus souple, plus vivante ? Je replie la lame et range mon canif dans ma poche avec mon pauvre éléphant.

Après le petit déjeuner, Timir et Sharad s'attardent à table pour discuter pendant que je lave la vaisselle avec Ne Min.

– Demain matin, j'irai en ville, déclare Timir. Je serai de retour en fin de journée. Pendant ce temps-là, tu commenceras à apprendre de nouveaux tours à l'éléphant.

En l'absence du patron, Sharad ne se mettra sûrement pas au travail très tôt. Si je m'en vais, personne ne s'en apercevra avant plusieurs heures. *Demain matin. Oui, demain, avant le lever du soleil, nous partirons d'ici.*

Ne Min me donne un petit coup de coude, et je réalise brusquement que je suis planté devant l'évier depuis un bon moment, sans rien faire, une assiette entre les mains et la tête complètement ailleurs. Je me dépêche de reprendre la vaisselle et lance un coup d'œil à Timir qui me surveille d'un air mauvais. Je souris intérieurement. *C'est ça, regarde-moi bien parce que c'est la dernière fois que je lave ton assiette.*

Plus tard dans l'après-midi, alors que je nettoie l'éléphanterie, je reçois la visite de Ne Min.

– Je suis passé chez moi te chercher un petit cadeau, me dit-il.

Je pose la fourche contre le mur.

– Un cadeau ? Pourquoi ?

– Je garde ça depuis longtemps, mais je ne m'en sers plus. Tiens.

Il me tend un grand sac en tissu richement coloré. Je laisse courir mes doigts sur les broderies rouges, violettes et bleues qui forment de jolis dessins. Les anses sont un peu effilochées sur les bords, et le fond a visiblement été reprisé.

– Ce sac n'est plus de la première jeunesse mais il est encore solide, et on peut y mettre plein de choses, reprend le vieil homme. Il te sera peut-être utile, on ne sait jamais.

– Merci beaucoup, Ne Min.

Je n'ose pas le regarder en face, mais je m'avance pour le serrer dans mes bras. Je regrette de n'avoir pas discuté davantage avec lui. J'aurais aimé savoir comment il a appris tant de choses, pourquoi il est si bon envers Nandita et ce qui le rend si triste, parfois. Il dégage une odeur de cannelle, de poivre et d'autres épices que je n'avais jamais senties avant de le rencontrer. Je m'emplis les narines de ce parfum afin de le graver dans ma mémoire.

Après le dîner, je quitte la cuisine en courant pour me débarrasser le plus vite possible des corvées restantes. J'ai hâte de préparer mes affaires et de les ranger dans le sac que Ne Min m'a offert. Je ralentis brusquement en voyant Timir sur le seuil de son bureau, en pleine discussion avec Sharad. Les yeux rivés au sol, je m'efforce de marcher tranquillement vers l'éléphanterie.

Je passe la chaîne autour du cou de Nandita avant de la conduire à la source et de lui donner son dernier bain. Elle se met à battre joyeusement des oreilles et sort en trottant, comme si elle se doutait de quelque chose.

– Encore une nuit et nous serons libres, lui dis-je à voix basse.

Je ferme la porte de l'éléphanterie derrière moi tout en me demandant ce que ma famille et mes voisins ont mangé ce soir. Si Chanda est revenue à la maison, je suis sûr qu'elle aura gardé quelques restes pour Raj.

À peine avons-nous fait quelques pas que Timir m'interpelle :

– Attends un peu ! J'ai quelque chose pour ton éléphant.

Nandita se raidit, les oreilles soudain rabattues sur ses tempes.

Timir et Sharad s'avancent vers nous. Sharad tient deux gros bracelets de métal reliés par une chaîne. Il s'agenouille près de Nandita, lui passe les bracelets autour des pattes de devant et les referme dans un claquement sec, anéantissant du même coup tous nos espoirs d'évasion.

19

« Un éléphant sacrifie son propre bien-être
pour le bien du troupeau. »
Les éléphants de la jungle, Tin San Bo

Je regarde avec effroi les anneaux qui enserrent les pattes de Nandita.

À l'approche de Timir, l'éléphante se tourne face à lui.

– Cet animal a envie de s'échapper, ça se voit à son regard, me dit-il. Il faut tout faire pour l'en empêcher. À partir d'aujourd'hui, nous fermerons chaque soir l'autre entrée à double tour. Ce serait vraiment dommage qu'il déguerpisse. D'autant qu'il serait puni en conséquence si on le retrouvait. Dans le cas contraire, il nous faudrait capturer un autre éléphant. Ta protégée a peut-être un frère ou une sœur qui ferait l'affaire ? Et qui s'avérerait sans doute une meilleure recrue.

Tout en parlant, Timir me frotte la joue du dos de sa main. J'ai l'impression d'avoir des araignées qui grouillent sur ma peau. Je me recule pour abréger cet horrible contact et me rapproche de Nandita, mais Timir regagne du terrain et brandit sa canne. Sans lui laisser le temps de faire un pas de plus, Nandita pousse un barrissement si furieux que des nuées d'oiseaux s'envolent des arbres alentour dans un immense froissement d'ailes. Les oreilles largement déployées, Nandita avance vers Timir, puis m'entoure de sa trompe.

Pendant un instant, nous restons tous figés sur place. Sans lâcher Nandita des yeux, Sharad décroche discrètement le crochet qui pend à sa ceinture. De son côté, Nandita continue à fixer Timir – j'espère qu'elle ne me regardera jamais de cette façon-là. On n'entend que le bruit de nos respirations, et le silence dans les arbres ajoute à la tension qui règne.

Finalement, Timir fait un pas en arrière. Voyant que Nandita ne bouge pas, il continue à battre en retraite, sa canne tendue droit devant lui.

– Allons-y ! lance-t-il au passage à Sharad.

Mais ce dernier reste pétrifié.

– Nous n'avons plus rien à faire ici, dépêche-toi ! lui ordonne Timir en lui tapotant le mollet du bout de sa canne.

Sharad sursaute comme s'il émergeait d'un rêve et rattrape Timir. Nandita demeure immobile jusqu'à ce que les deux hommes disparaissent de sa vue. J'ai retenu mon souffle durant toute la scène, à présent je peux enfin respirer. Je m'appuie contre Nandita, encore tout tremblant et le cœur battant la chamade. Il me faut un bon moment pour retrouver mon calme.

Nandita a déjà prouvé qu'elle m'aimait bien – elle vient à ma rencontre quand j'entre sur la piste, même sans biberon de lait ; elle dort tout près moi dans l'éléphanterie ; elle s'amuse à m'asperger quand elle se baigne ou à me tapoter l'épaule d'un air facétieux. Cependant, je ne me doutais pas qu'elle se mettrait en danger pour me protéger. J'espère en faire autant pour elle, un jour.

Après lui avoir caressé le front, je la conduis à la source.

Pour rendre le spectacle plus attrayant, Sharad oblige Nandita à accomplir des numéros de plus en plus difficiles, comme se tenir en équilibre sur une rangée de bouteilles de lait. À la fin de chaque représentation, son travail n'est pas terminé pour autant, car beaucoup de spectateurs font la queue pour la promenade. Après s'être agenouillée pour les laisser monter un par un sur son dos, Nandita doit alors effectuer de nombreux tours de piste.

Ces jours-là, je lui accorde davantage de temps lors de sa baignade du soir. Je la frotte avec la noix de coco jusqu'à en avoir mal aux mains, ensuite je m'assieds au bord de l'eau tandis qu'elle se délasse dans le bassin.

Je m'imagine des dizaines d'années plus tard, devenu vieux, toujours assis au même endroit pendant que Nandita prend son bain. Quelle taille aura-t-elle atteinte alors ?

Chaque fois qu'elle roule d'un côté sur l'autre, ses chaînes font un bruit de ferraille, mais au lieu de l'air triste et abattu qu'elle affiche lorsqu'elle est en piste, Nandita retrouve sa joie de vivre dès que l'eau fraîche ruisselle sur son corps fourbu. Quand elle me fait face, elle me rappelle la statue de Ganesh que mon père avait sculptée. Je repense alors aux histoires que me racontait Baba, le soir avant de m'endormir. Ma préférée était celle qui expliquait comment Ganesh s'était retrouvé avec une tête d'éléphant.

– Il n'a pas toujours eu cette tête-là, tu sais, me disait Baba.

– Ah bon ? Que s'est-il passé ? lui demandais-je chaque fois, même si je connaissais l'histoire par cœur.

– Ganesh avait l'apparence d'un petit garçon, comme toi, jusqu'au jour où son père...

– Raconte-moi juste la fin, Baba ! Quand les parents de Ganesh rencontrent l'éléphant…

– À quoi sert une histoire si tu ne veux entendre que la fin, Hastin ? Pour apprécier le dénouement, il faut connaître ce qui s'est passé avant !

Mon père reprenait alors l'histoire depuis le début.

La déesse Parvati se sentait bien seule depuis le départ de son mari, le dieu Shiva. Elle prit alors de la terre entre ses mains et se modela un fils d'une grande beauté qu'elle nomma Ganesh.

Un jour, Parvati dit à son fils :

– Je vais prendre un bain. Monte la garde devant la porte et interdis à quiconque d'entrer, je ne veux pas être dérangée.

– Bien, mère, répondit Ganesh.

Le même jour, Shiva revint de sa longue période de méditation. Lorsqu'il voulut entrer chez lui, il trouva devant la porte un jeune inconnu qui barrait le chemin.

– Laisse-moi passer ! lui ordonna-t-il.

– Ma mère est en train de prendre son bain, l'informa Ganesh. Nul n'a le droit de la déranger. Revenez plus tard.

Shiva écarta le garçon et tenta de pénétrer dans la maison, mais Ganesh se dressa à nouveau devant lui pour lui en interdire l'accès. Furieux, Shiva tira son épée. Puis il trancha la tête du garçon, qui s'en alla rouler au loin dans la forêt.

Alertée par le bruit, Parvati courut jusqu'à la porte. Quand elle vit ce qui était arrivé, elle s'écria en sanglotant :

– Tu viens de tuer notre fils !

Horrifié, Shiva se précipita dans les bois, mais la tête de Ganesh demeura introuvable. Il décida alors de la remplacer par celle de la première créature qu'il rencontrerait.

Le premier animal qu'il aperçut était un éléphant. Quand Shiva et Parvati lui expliquèrent ce qui s'était passé, l'éléphant s'inclina et déclara :

– Seigneur du Monde, coupez-moi vite la tête, je suis heureux de la sacrifier pour la vie de votre fils avant d'entamer moi-même une nouvelle vie sous une autre forme.

– Tu n'auras pas à renaître sur cette terre, lui annonça Shiva. Je te bénis et libère ton esprit, de sorte que tu puisses rejoindre le royaume des dieux.

Sur ce, les parents de Ganesh revinrent chez eux en toute hâte avec la tête de l'éléphant. Shiva la plaça sur le corps de son fils, Parvati imposa ses mains sur Ganesh, et celui-ci se ranima.

Quand je repense à la fin de cette histoire et à la générosité de l'éléphant qui n'a pas hésité à se sacrifier pour le jeune Ganesh, je me dis que Nandita agirait certainement de même envers moi si l'occasion se présentait. Et j'en ferais autant pour elle.

Ce soir-là, après avoir terminé mes corvées, je me mets en quête d'un nouveau bloc de bois à sculpter pendant que Nandita mange du foin dans l'éléphanterie. J'aperçois alors Ne Min, assis près de l'enclos du cirque, une énorme bobine de ficelle entre les jambes. Je m'approche et lui demande ce qu'il fait.

– Ton éléphant ne te laisse plus beaucoup de place pour dormir, se contente-t-il de me répondre.

La bobine se dévide à toute vitesse au fur et à mesure qu'il forme des rangées de nœuds, chacun étant la réplique parfaite du précédent. Je m'assieds en face de lui et le regarde travailler.

Le vieil homme a raison. Ces derniers temps, Nandita a tellement grandi et grossi que je me retrouve coincé contre la cloison de bois au cours de la nuit. À mon réveil, j'ai souvent la marque de l'écorce imprimée sur la joue.

– Tu n'auras qu'à accrocher ce hamac dans l'éléphanterie, reprend Ne Min. Comme ça tu pourras dormir au-dessus, et Nandita en dessous.

Les nœuds me semblent affreusement compliqués, mais il les enchaîne aussi facilement que s'il remuait du riz dans une casserole.

– Apparemment, ce n'est pas le premier hamac que vous fabriquez ! lui dis-je en riant.

– C'est vrai, j'en ai fait un certain nombre. Une natte en feuilles de palmiers serait plus confortable, mais tu n'as pas la place pour ça. Si encore tu avais une cabane à toi et que ton éléphant dormait dehors, sous les arbres. Mais comme ce n'est pas le cas, tu te contenteras d'un hamac.

– Il y a des gens qui laissent leurs éléphants dormir à l'extérieur au lieu de les enfermer ? Ils n'ont pas peur qu'ils s'en aillent ?

– Les éléphants aiment se promener la nuit. S'ils sont bien traités, ils reviennent dès qu'on les appelle.

Ne Min sourit et interrompt son ouvrage un instant.

– Bien entendu, poursuit-il, il y en a toujours qui prennent un malin plaisir à se cacher, mais ils finissent toujours par réapparaître.

Il me lance un bref regard, puis se replonge dans la confection du hamac. La bobine de ficelle se déroule encore plus vite qu'auparavant.

– Même si elle était libre d'aller et venir à sa guise, Nandita reviendrait toujours vers toi, Hastin.

– Peut-être, mais je ne pourrai pas le vérifier, puisque Timir ne le permettra jamais.

– Timir, c'est la peur qui l'anime.

Cette réflexion me fait rire. Pour moi, Timir serait plutôt du genre à n'avoir peur de rien. Il est si fort et si effrayant, que pourrait-il craindre ?

– Un homme courageux n'a pas besoin de terroriser ses semblables pour s'en faire obéir. Tu es beaucoup plus courageux que lui, Hastin.

– Courageux ? Moi ? J'ai tout le temps peur !

– Avoir peur, ce n'est pas de la faiblesse. Faire ce que l'on estime juste, même sous l'emprise de la peur, voilà le véritable courage. Je n'ai pas toujours agi ainsi... et je m'en veux encore.

J'aimerais bien savoir à quoi Ne Min fait allusion et comprendre ce qui le préoccupe à ce point.

– Vous voulez bien m'expliquer... ?

Du coin de l'œil, je perçois soudain du mouvement dans les arbres. Ne Min suit mon regard. C'est curieux : les branches s'agitent violemment alors qu'il n'y a pas un souffle de vent. Nous restons tous deux aux aguets.

Tout à coup, il émerge de la forêt. Je n'ai jamais vu d'animal aussi gros.

20

« Les dents des éléphants se renouvellent six fois au cours de leur vie, laquelle a une durée moyenne de soixante-dix ans. »

Les éléphants de la jungle, Tin San Bo

Si un homme se juchait sur les épaules d'un autre homme, ses yeux n'arriveraient pas à la hauteur de ceux de l'éléphant qui se trouve devant nous.

Tout en avançant à pas lents, l'énorme pachyderme arrache des touffes d'herbe avec sa trompe. Puis il les piétine de façon à éliminer la terre et les porte ensuite à sa bouche.

– Si Nandita devient un jour aussi grande, je n'aurai même plus la place de suspendre un hamac dans l'étable. Je serai obligé de dormir dehors !

– Elle n'atteindra jamais cette taille, même si elle devait vivre à un âge aussi avancé que celui-ci, m'assure Ne Min. Les femelles sont nettement plus petites que les mâles.

– Comment savez-vous qu'il est vieux ?

À mes yeux, cet animal n'a rien d'un vieillard. Il m'a l'air si fort qu'il pourrait facilement écraser un camion.

– Tu vois ces marques roses sur sa tête ? m'explique Ne Min. Et ses oreilles, regarde comme elles sont abîmées et enroulées sur elles-mêmes.

Étant donné la distance, je m'étonne que Ne Min ait pu remarquer ces détails. Mais c'est vrai : les oreilles de l'éléphant sont toutes déchirées sur les bords et ont tendance à se replier vers l'intérieur. Sa trompe et son front sont constellés de taches roses.

– Ce sont des signes de vieillesse ?

– Exact. Ainsi que les défenses – il s'en est cassé une, probablement au cours d'un combat –, mais il faut un sacré nombre d'années avant de posséder des défenses de cette taille.

De fait, chacune est aussi grosse que mes deux jambes réunies.

– Je ne voudrais pas croiser celui qui s'est battu contre lui !

Nous nous levons pour contempler le grand mâle qui continue à marcher vers nous tout en mangeant. Il est encore à distance respectable, mais je n'ai aucune envie qu'il s'approche plus près.

Autour de nous, tout est calme. Comme Timir et Sharad ont regagné leur logis, on ne risque pas de les entendre vociférer pour une raison ou pour une autre. Seul le bruit de mastication de l'éléphant vient troubler le silence. De temps en temps, il nous jette un coup d'œil, puis se remet à arracher l'herbe.

Dans un murmure, je demande à Ne Min :

– Est-ce qu'il est aussi âgé que vous ?

– Non, quand même pas ! Mais si leurs dents duraient plus longtemps, ils pourraient atteindre mon âge. Celui-là n'en a plus que pour quelques années à vivre, je suppose. Il s'est sans doute aventuré jusqu'ici pour trouver de l'herbe tendre, plus facile à manger.

– Leurs dents s'usent ?

– Eh oui ! Tu as vu tout ce que Nandita engloutit chaque jour ? Imagine la quantité de foin, de fruits et de feuilles que cela représente au bout de plusieurs dizaines d'années ! À force de mastiquer, les dents finissent par s'user. C'est comme quand tu sculptes un bloc de bois : petit à petit, tu enlèves des copeaux avec ton couteau. Plus tu le tailles, plus ton morceau de bois diminue. Si tu continues à tailler, il viendra forcément un moment où tu n'auras plus rien entre les mains.

– Vous voulez dire que la nourriture leur lime les dents ?

– Oui. Mais heureusement, c'est un processus très lent. Ce sont les très vieux éléphants qui n'ont presque plus de dents. Et quand ils ne peuvent plus manger, ils meurent.

– Et ensuite ?

– Eh bien, ils sont morts, Hastin !

– Oui, mais...

Je n'en ai jamais parlé à personne, mais je m'interroge souvent au sujet de Baba. Il s'est sûrement réincarné en quelqu'un d'autre, quelque part, mais j'aimerais bien savoir en qui, et où. Si seulement je le savais, je partirais à sa recherche et j'irais lui rendre visite, même si la nouvelle personne qu'il est devenu ne me reconnaissait pas.

– ... Qu'est-ce qui se passe après la mort ?

– Pour les éléphants ou pour nous ? me demande Ne Min.

– Les deux. À votre avis, est-ce qu'ils renaissent dans la peau d'un autre animal, et nous sous les traits d'une autre personne ?

– Peut-être.

À son intonation, Ne Min a plutôt l'air de penser le contraire.

– Mais si ce n'est pas le cas, alors qu'est-ce qu'on devient ?

Le vieil homme se rassied et se replonge dans la confection du hamac en disant :

– Tu sais où sont rangées les bougies ?

– Oui.

– Alors rapporte-m'en deux.

J'ignore ce qu'il compte en faire, étant donné qu'il fait encore clair, mais je cours à la cuisine et reviens avec les deux bougies. Après en avoir allumé une, Ne Min me la tend et pose la seconde par terre.

– Et maintenant ?

– On attend, me répond-il.

Sans savoir au juste ce que l'on attend, je reste là, ma bougie à la main. L'éléphant se promène encore dans les parages. Je repense à ma première rencontre avec Nandita et sa famille, au bord de la rivière. Lors de mes nombreuses excursions dans la jungle, je n'ai jamais vu d'éléphant seul.

– Je me demande où est sa harde, fais-je remarquer à Ne Min.

La petite mare de cire fondue qui s'est formée autour de la mèche commence à couler le long de la bougie et me dégouline sur les doigts. Une fois la cire refroidie, je la gratte du bout de l'ongle et remarque qu'elle a gardé la trace de mes empreintes digitales.

– Après quelques années, les mâles quittent le troupeau pour vivre en solitaire. Ce sont les femelles qui vivent en groupe avec les jeunes.

Comment ce vieux Birman connaît-il tant de choses au sujet des éléphants ? Voilà une question que je me suis souvent posée. J'imagine qu'il a dû passer un certain temps en leur compagnie. C'est quand même un comble que, dans ce cirque, le cuisinier en sache davantage sur les éléphants que le directeur et le dompteur ! Quant à moi, qui suis censé être le soigneur, je serais totalement perdu sans les conseils de Ne Min.

– Avant de venir ici, quand vous étiez en Birmanie, vous étiez déjà cuisinier ou bien vous faisiez un autre métier ?

– Ta bougie va bientôt s'éteindre, Hastin.

Je ne l'ai pas vu quitter son ouvrage des yeux, mais il a raison : la mèche est presque entièrement consumée. Ne Min ramasse alors l'autre bougie et la tend vers moi.

– Il est temps d'allumer celle-ci, me dit-il.

Des gouttes de cire se répandent sur le sol tandis que j'incline mon petit trognon de bougie. Les deux mèches se touchent, et la flamme de la mienne embrase la sienne.

– Maintenant, souffle ta bougie, Hastin.

J'obéis. Une volute de fumée noire s'élève lentement dans l'air.

– Ta bougie est morte mais, grâce à elle, la mienne a pris vie. Est-ce que cette flamme est la même que celle d'avant ?

– Non, ce n'est pas la même, mais elle en est issue.

– Exact. Sans la lumière de ta bougie, la mienne ne pourrait pas éclairer. La mort de l'une a permis la naissance de l'autre.

– Alors quand vous mourrez...

– Le souffle de ma vie se transmettra à quelqu'un d'autre. Et bientôt (Ne Min pointe sa bougie vers le vieil éléphant qui s'éloigne à présent de nous), le souffle de sa vie se transmettra, lui aussi, à autre chose.

Ne Min éteint sa bougie, puis me la tend.

Je n'ai pas envie de penser à la mort de Ne Min. Le jour où cela se produira, je me sentirai complètement abandonné.

– Je vais aller nettoyer l'éléphanterie, dis-je, bien que ce soit déjà fait.

Je pose la bougie par terre et je m'en vais.

Plus tard, Ne Min m'apporte le hamac terminé. Il me donne deux pitons en métal, et j'escalade les rondins de la cloison afin de les visser au plafond. Après avoir accroché le hamac, je tire dessus pour tester sa solidité, puis je m'allonge et me tiens prudemment aux bords tandis que je me balance au-dessus de Nandita. Je ne sais pas quelle serait sa réaction si je tombais sur elle en pleine nuit, mais elle ne serait sûrement pas contente ! Ne Min me lance une couverture. Une fois immobilisé, le hamac s'avère très confortable. Je regarde Nandita à travers les nœuds. Le Ganesh en bois que j'ai sculpté est lové au creux de sa trompe.

Je repense aux paroles de Ne Min, tout à l'heure.

– Quand nous avons aperçu le vieil éléphant à l'orée de la forêt, vous m'avez dit que Nandita ne serait jamais aussi grande, même si elle devait vivre aussi longtemps que lui. Pourquoi « même si » ? Elle aussi deviendra vieille un jour, n'est-ce pas ?

– Non, pas si elle reste ici, me répond-il avant d'ouvrir la porte et de s'en aller.

21

« La peur décuple la force d'un éléphant. »

Les éléphants de la jungle, Tin San Bo

Je viens d'avoir onze ans, mais je me sens beaucoup plus vieux. J'ai beau éviter de penser à chez moi, je ne peux pas m'empêcher de me demander si Amma a fêté mon anniversaire d'une façon ou d'une autre. J'ai abandonné tout espoir de m'évader et je suis si triste que les journées me semblent de plus en plus longues.

Vers la fin du mois d'août, Timir nous annonce un matin :

– J'ai une excellente nouvelle !

Je continue à faire la vaisselle du petit déjeuner tout en écoutant la suite.

– Ravi Kapur, un autre directeur de cirque, vient de me contacter. Il voudrait un numéro d'éléphant !

Le patron est excité comme une puce, mais nous accueillons cette information sans enthousiasme. J'imagine que Sharad et Ne Min se posent la même question que moi : qu'est-ce que cela signifie pour nous ?

– Où se trouve le cirque de Ravi Kapur ? interroge Sharad.

– À environ deux heures de route d'ici...

En direction de mon village ou à l'opposé ? ai-je envie de demander, les mains crispées sur le plat que je suis en train de laver.

– ... vers l'est, termine Timir.

Côté soleil levant. Donc encore plus loin de chez moi.

– Il a tout l'équipement nécessaire, une grande éléphanterie, et même un vétérinaire qui s'occupe des animaux de la ménagerie. Il ne lui manque plus qu'un éléphant dressé.

– Mais... pourquoi ce directeur de cirque a-t-il une éléphanterie s'il n'a pas d'éléphant ? relève Sharad.

– Avant, il en avait un. Il lui en faut un nouveau. Kapurji viendra nous rendre visite dans deux semaines afin d'assister à notre spectacle. Inutile de vous dire que nous devons être parfaitement au point, quitte à augmenter la cadence des répétitions.

Nandita est déjà épuisée à la fin de la journée, je ne sais pas comment elle pourra supporter un emploi du temps encore plus chargé.

– Kapurji est prêt à débourser une grosse somme pour un éléphant dressé et apte au travail. Et pour son dompteur aussi, évidemment.

À ces mots, Sharad pousse un soupir de soulagement, et je vois ses épaules se relâcher.

De son côté, Ne Min continue de frotter le plan de travail, bien que celui-ci soit déjà propre. Je me demande ce qu'il va devenir.

– Ravi Kapur aura-t-il besoin d'un *mahout* ? s'enquiert-il.

– Ou d'un cuisinier ? ne puis-je m'empêcher d'ajouter.

Timir nous regarde l'un après l'autre, comme s'il venait juste de s'apercevoir de notre présence. Puis, les yeux rivés sur moi, il répond à Ne Min :

– Le gamin restera ici. J'ai payé pour l'avoir, et j'ai besoin d'un employé sur place.

Je suis anéanti. Je ne veux pas rester si Nandita s'en va.

– Et votre cirque ? lance Sharad. Si vous vendez l'éléphant...

– Grâce à l'argent de Kapurji, je monterai de nouveaux numéros. Avec des clowns, des acrobates et des singes savants. Ils me causeront moins de soucis qu'un éléphant, et ils seront moins chers à nourrir !

Timir part d'un grand rire.

Depuis qu'il a relancé son cirque, il n'a jamais été capable d'ajouter de nouveaux numéros, et maintenant il reproche à Nandita de lui coûter trop cher en nourriture. Il ne savait donc pas qu'un éléphant mange d'énormes quantités de foin par jour ? S'il devait se débrouiller tout seul, ce serait la catastrophe. Je ne lui confierais même pas un scarabée.

Après avoir essuyé et rangé la vaisselle, je rejoins Nandita dans l'enclos. Elle ramasse la chaîne avec sa trompe et la cogne violemment contre le piquet. La profonde ornière dans le sol prouve qu'elle n'a pas cessé de tourner en rond.

Tandis que je lui caresse le front pour la calmer, je m'interroge au sujet de Ravi Kapur. Quel genre d'homme est-ce ? Si Nandita change de cirque, il y a des chances qu'elle soit mieux traitée qu'ici, puisqu'elle aura plus de place pour dormir et un vétérinaire pour la soigner en cas de besoin. Pourtant, je suis effondré à l'idée de vivre sans elle, car c'est sa présence qui me permet de tenir bon.

J'avais promis à Nandita de la libérer, de ne jamais l'abandonner. Mais je n'avais jamais songé au fait qu'elle puisse partir sans moi. D'un autre côté, si Ravi Kapur l'achète, plus rien ne m'empêchera de passer par-dessus la clôture et de m'enfuir en pleine nuit.

Sharad arrive au petit trot et détache Nandita de son piquet afin de commencer l'entraînement.

Je vois à son sourire qu'il n'est pas mécontent de changer bientôt de patron.

Quand je reviens en fin de journée pour conduire Nandita à la source, je m'étonne de ne pas la voir attachée à son piquet comme d'habitude.

– La séance n'est pas terminée ! crie Sharad en m'apercevant. D'ici l'arrivée de Kapurji, je veux que l'éléphante sache se tenir debout sur les pattes de derrière.

Cela m'étonnerait qu'il y arrive : Nandita est tellement fatiguée qu'elle a déjà du mal à tenir sur ses quatre pattes.

– Vous me préviendrez quand vous aurez fini, que je puisse l'emmener à la baignade ?

– Selon Timir, ce sera drôle de la voir me suivre en marchant sur deux pattes, comme si elle voulait m'imiter, poursuit le dompteur, qui n'a pas l'air du tout de cet avis.

Je les laisse à leur travail et pars faire le mien : nettoyage de l'éléphanterie, corvée de bois, etc.

Le temps passe, et Sharad n'est toujours pas venu m'avertir qu'il en avait terminé avec Nandita. Tous deux doivent être épuisés à l'heure qu'il est. Je décide de retourner voir ce qui se passe.

Lorsque j'entre dans l'enclos, aucune trace de Sharad. Nandita est seule sur la piste, allongée au pied du piquet, les pattes entravées par les deux bracelets de métal. Je m'empresse de la détacher. Normalement, c'est elle qui m'entraîne avec impatience vers la source. Mais là, elle ne se lève même pas.

– Allez, viens, c'est l'heure de ton bain ! lui dis-je.

Je tire doucement sur la chaîne pour l'encourager. Comme elle refuse toujours de bouger, je m'assieds à côté d'elle et lui parle tout en lui caressant le flanc.

Elle finit par se mettre debout, mais elle chancelle sur ses pattes et me suit à contrecœur. Ne Min fronce les sourcils avec inquiétude quand il nous voit passer devant la cuisine.

Une fois à la source, Nandita s'affale lourdement dans l'eau fraîche en soupirant. Je décide de la laisser se reposer aussi longtemps qu'elle le voudra.

Quand je commence à la frotter, elle se met à gronder – mais pas comme un tigre en colère, plutôt comme un chat qui ronronne. Un énorme chat !

Alors que je lui caresse le cou, je sens soudain une curieuse boule du côté droit, juste sous la mâchoire. Je la tâte du bout des doigts, prêt à bondir au cas où Nandita me donnerait un brusque coup de trompe sous l'effet de la douleur, mais elle n'a aucune réaction. J'en conclus que cette grosseur ne lui fait pas mal, mais il faudra la surveiller de près.

Le lendemain matin, je me réveille avant Nandita et sors sur la pointe des pieds. Personne ne sera là avant un bon moment, autant la laisser dormir, elle en a bien besoin.

De la fumée s'échappe de la cheminée de la cuisine. Quand j'entre, je trouve Ne Min assis à la table, en train de lire un livre. Rien n'est en train de cuire, mais le feu est allumé, et il y a un grand bol de bouillie sur le plan de travail.

– Pourquoi vous êtes-vous levé si tôt, Ne Min ?

Le vieil homme ferme son livre. À la lueur de la lanterne, je distingue le dessin d'un éléphant sur la couverture.

– Apporte-moi une pierre, me dit-il. Assez grosse, mais qui puisse tenir entre tes mains.

Je ne sais ce qu'il compte en faire, je suppose qu'il me l'expliquera en temps voulu.

À mon retour, Ne Min se lève pour aller ouvrir la porte du fourneau. Je m'attends à ce qu'il mette le bol de bouillie sur la grille, mais au lieu de ça il me prend la pierre des mains et la place directement sur les braises.

– Est-ce que tu as remarqué quelque chose de particulier à propos de Nandita ? me demande-t-il.

Perplexe, je fixe un instant le four avant de répondre. *Quelle drôle d'idée de faire cuire une pierre !*

– Eh bien... Elle est fatiguée, beaucoup plus que d'habitude. À l'heure de la baignade, je suis obligé de la traîner jusqu'à la source – et ce n'est pas facile. La nuit, elle dort d'une seule traite et j'ai du mal à la réveiller le matin. D'ailleurs, elle dort encore.

Ne Min me tend le bol.

– Ce mélange de riz et de banane écrasée devrait lui redonner des forces. Ce qu'il lui faudrait avant tout, c'est du repos mais…

Il ne termine pas sa phrase.

– Qu'as-tu remarqué d'autre ? reprend-il.

– Hier, quand je la frottais sous l'eau, j'ai eu l'impression que son cou était enflé.

– Tu as raison, il est enflé.

– Mais elle n'a pas l'air d'en souffrir.

– Non, mais ça la gêne sûrement. Et c'est un signe de surmenage.

Ne Min s'empare de pincettes et retire la pierre du four. Puis il la pose sur le plan de travail et l'enveloppe dans un tissu épais avant de me la tendre.

– Maintiens cette compresse chaude sur son cou pendant quelques minutes, plusieurs fois par jour, me dit-il. Cela devrait résorber le gonflement.

Malgré la bouillie de riz et de banane en plus de son repas habituel, Nandita est encore bien faible quand je passe la voir dans l'après-midi. Suivant les conseils de Ne Min, je lui applique la compresse régulièrement, après avoir chauffé la pierre dans le four. Sharad soupire, l'air contrarié, chaque fois que j'interromps la séance d'entraînement, mais il ne dit rien. Il doit savoir que son élève a besoin de ménagements. Étant donné que Nandita tient à peine debout, je ne vois pas quels progrès elle pourrait faire.

Tout en nettoyant l'éléphanterie, je décide d'aller parler à Timir. Il me hurlera dessus, c'est sûr, mais si j'arrive à le convaincre que Nandita sera plus performante après une période de repos, peut-être qu'il m'écoutera. La venue de Kapurji l'excite tellement qu'il ne voit pas ce qui se passe sous ses yeux.

J'ai l'impression qu'une tempête de sable se lève dans mon ventre à mesure que j'approche du bureau. Je m'arrête devant la porte en entendant des voix à l'intérieur.

– Elle est épuisée, elle tient à peine sur ses pattes, dit Ne Min.

– Sharad a les moyens de la secouer, rétorque Timir. Elle n'a qu'à se reposer la nuit, comme tout le monde.

– Écoutez, accordez-lui au moins deux jours de répit, plaide le vieux cuisinier.

– Tu ne comprends donc rien ? Kapurji arrive dans une semaine. Si le spectacle n'est pas parfait, s'il n'est pas impressionné par les talents de cet animal, il ne l'achètera pas !

– Vous croyez qu'il sera impressionné si votre éléphant s'écroule au milieu d'un numéro ? Il vaut mieux le traiter correctement, sinon...

– Parlons-en ! On sait de quelle façon tu les traites, toi, hein ?

Dans ma tête, j'imagine Timir, le regard dur, la bouche fendue d'un sourire cruel.

– Tu as de la chance que je te laisse encore approcher de cet animal.

Pourquoi Timir dit-il cela ? Sans Ne Min, je n'aurais pas pu garder Nandita en vie. Je retiens mon souffle en attendant qu'il se défende, mais il se retire en silence et sort du bureau sans même me jeter un regard.

Avant de me coucher, je vais voir comment se porte Nandita. Son cou semble avoir légèrement dégonflé. Je ramasse la pierre et le tissu afin de préparer une compresse chaude pour la nuit.

Ne Min est encore en train de lire dans la cuisine et fait comme s'il ne m'avait pas vu entrer. Je m'assieds à côté de lui après avoir ranimé le feu et mis la pierre dans le four.

Sur chaque page, il y a des dessins d'éléphants accompagnés d'un texte dont je ne reconnais pas une seule lettre. Baba m'a appris à écrire mon nom, mais je ne comprends rien à ces drôles de signes. On dirait une suite de boucles et de cercles.

– Je n'ai jamais vu une écriture pareille, dis-je.

– Apporte-moi deux feuilles d'arbre, je vais te montrer pourquoi, réplique le vieil homme en se frottant les yeux.

Je sors en courant et reviens avec deux feuilles de manguier. Ne Min en place une devant moi sur la table, puis me tend son stylo.

– Maintenant, écris quelque chose dessus.

Je commence à écrire mon nom, mais dès la première lettre, la feuille se déchire.

Ne Min reprend alors son stylo.

– Il y a très longtemps, avant l'invention du papier, les Birmans écrivaient sur des feuilles, m'explique-t-il.

Il se met à tracer les mêmes signes que dans son livre.

– Les lettres formées de lignes droites, comme les tiennes, blessent la feuille. Mais celles qui ne comportent que des courbes sont plus douces et laissent la feuille intacte.

Effectivement, son stylo court, ligne après ligne, sur la feuille de manguier, sans du tout l'abîmer.

Je brûle d'envie de savoir ce que Timir a insinué tout à l'heure, quand Ne Min était dans son bureau, mais je n'ose pas poser directement la question. Finalement, je glisse :

– Merci d'avoir parlé de Nandita à Timir. Ça n'a pas servi à grand-chose, mais...

– Il faut absolument qu'elle parte d'ici, me coupe Ne Min. Et toi aussi.

– J'ai déjà essayé. Et maintenant qu'elle a des entraves aux pieds, ça me paraît impossible.

Même si j'arrivais à m'enfuir avec elle, Nandita ne pourrait pas survivre en pleine jungle avec ces chaînes. Elle serait incapable de courir pour échapper à un danger ou simplement suivre la cadence de la harde. Sans compter qu'elle est encore en pleine croissance : les bracelets de métal ne sont pas trop serrés pour l'instant, mais ils finiront par s'enfoncer dans sa chair s'il n'y a personne pour les lui enlever.

– Il est vrai que ça complique les choses, admet Ne Min en posant son stylo. Mais tu es son *mahout*, Hastin, et tu sais à quel point elle est maltraitée ici.

– Si Kapurji l'achète, elle sera mieux soignée chez lui.

– Ce n'est pas sûr. D'après Timir, ce Ravi Kapur a déjà eu un éléphant dans son cirque. Qu'est-il devenu, cet éléphant ? On n'en sait rien.

C'est vrai. Je ne m'étais pas demandé pourquoi Kapurji avait besoin d'un nouvel éléphant.

– Quand bien même elle serait mieux traitée qu'ici, ça ne suffit pas. Nandita doit retrouver sa liberté.

Je m'accroche à l'espoir que Ravi Kapur est un homme bon, qui dirige un cirque formidable. Peut-être même supérieur à celui que Timir possédait auparavant.

– Qu'est-il arrivé au cirque de Timir, Ne Min ? Pourquoi a-t-il fermé s'il avait tant de succès ?

– Un succès énorme, c'est vrai. Mais il avait beau faire salle comble et rapporter beaucoup d'argent, Timir en voulait encore plus. L'appât du gain l'a poussé à se lancer dans de nouvelles activités.

Ne Min tourne une page de son livre, et j'aperçois le dessin d'un éléphant en train de cueillir un fruit sur un arbre.

– Quel genre d'activités ?

– Le braconnage de tigres.

– Le braconnage de tigres ?

– Oui, tu as bien entendu. Des gens à sa solde chassaient de nuit, après quoi Timir vendait les peaux, les dents et tout ce qui trouvait acheteur. Le reste, il le jetait en pâture aux ours et aux lions de son cirque.

– Mais pourquoi la nuit ?

– Parce que les fauves sont alors plus vulnérables et qu'il est plus discret d'exercer ce triste commerce de nuit que de jour. Timir a l'art d'obtenir tout ce qu'il veut – une peau de tigre, un jeune garçon corvéable à merci, ou bien un éléphanteau. Il n'hésite pas non plus à soudoyer certains individus pour qu'ils ferment les yeux sur ses agissements.

– Que s'est-il passé ensuite ? Il s'est fait prendre ?

– Oui. Le cirque a fermé, et Timir est resté un moment en prison. Pas aussi longtemps qu'il le méritait.

– Comment s'est-il fait prendre ?

– Je suppose que quelqu'un l'a dénoncé, répond Ne Min en me regardant droit dans les yeux. Quelqu'un qui aimait trop les animaux pour tolérer ce trafic.

– Est-ce que Timir sait de qui il s'agit ?

– S'il le savait, cette personne aurait subi le même sort que les tigres et ne serait pas en train de feuilleter un livre.

En disant cela, Ne Min esquisse un sourire.

J'en connais maintenant un peu plus sur le passé du vieil homme.

– Alors vous travailliez déjà pour Timir à cette époque ! C'était vous qui vous occupiez de ses éléphants, n'est-ce pas ?

– Non, seulement des autres animaux, corrige Ne Min. Le soigneur d'éléphants, c'était Sharad, et le dompteur, c'était son père.

– Le père de Sharad était dresseur d'éléphants ? Est-ce qu'il était aussi méchant que son fils ?

– Non ! Kiran était un brave homme – et un excellent dresseur.

– Il n'utilisait pas de crochet ?

– Son crochet n'était pas plus pointu que mon doigt, et il s'en servait à bon escient – comme d'un guide et non comme d'une arme.

Ne Min tend le bras par-dessus la table et me prend par l'épaule.

– Comme pour conduire quelqu'un sur le bon chemin, tu comprends ?

– Il n'a donc rien enseigné à Sharad ?

– Si. Sharad a tout appris au contact de son père : comment soigner, dompter et traiter les animaux avec respect.

– Alors pourquoi est-il si brutal ?

– Il ne l'a pas toujours été. À présent, c'est la colère qui l'anime. Et la peur, aussi. Comme Timir.

– Pour quelle raison ? Il s'est passé quelque chose ?

Ne Min referme son livre, pose les mains sur la couverture et regarde pensivement par la fenêtre.

– Un matin, un lion s'est échappé de sa cage. Il a couru vers la piste, juste au moment où Sharad et son père s'apprêtaient à en sortir avec Anju, l'éléphant du cirque. Dès qu'il a aperçu le fauve, Anju s'est mis à paniquer. Kiran a aussitôt écarté Sharad pour le protéger, puis il a tenté de maîtriser l'éléphant. Mais c'était un grand mâle dans toute la force de l'âge et, pire que tout, en proie à la frayeur. Debout contre la barrière, Sharad, impuissant, a vu son père se faire piétiner.

– Il en est mort ?

– Oui. Et par la suite, Anju aussi. Abattu sur l'ordre de Timir, alors que ce n'était pas sa faute : il voulait juste échapper au lion. Anju et Kiran s'adoraient, comme Nandita et toi. Après qu'on eut remis le lion en cage, Anju a fini par se calmer. Il a essayé de ranimer Kiran. Il le soulevait avec sa trompe pour le remettre debout et menaçait quiconque faisait mine de s'approcher de lui. Je n'ai pu le ramener à l'éléphanterie qu'au coucher du soleil. Je suis resté avec lui toute la nuit, mais il n'a pas fermé l'œil, et ses pleurs m'ont empêché de dormir jusqu'au matin.

Je repense à ma première nuit avec Nandita, quand elle faisait les cent pas et appelait ses parents à grands cris.

– Après ce tragique accident, poursuit Ne Min, Sharad est devenu ivre de colère. Il a été le premier à réclamer la mort d'Anju, même s'il savait que son père s'y serait farouchement opposé. De mon côté, j'ai tout fait pour convaincre Timir d'épargner Anju, mais en vain. Timir a acheté un autre éléphant dont il a confié le dressage à Sharad. Sharad a alors affûté son crochet et s'est mis à frapper cette pauvre bête, comme pour se venger sur elle. Pour lui, tous les éléphants sont responsables de la mort de son père. Je crois aussi qu'il a peur qu'il lui arrive la même chose.

– Mais pourquoi avez-vous accepté de retravailler pour Timir, sachant tout ce qu'il avait fait ?

– Quand Timir est venu me trouver pour me dire qu'il comptait monter un nouveau cirque, je lui ai répondu que cela ne m'intéressait pas. Mais il m'a ensuite appris qu'il avait engagé Sharad et qu'il allait bientôt capturer un éléphanteau. Alors j'ai imaginé la vie de cet animal, privé de sa famille, entre Timir et Sharad, et je me suis dit que je ne pouvais pas rester à l'écart. Je voulais aussi connaître le soigneur et m'assurer qu'il traite ce jeune éléphant convenablement.

– Je suis content que vous soyez revenu, Ne Min. Sans vous, je ne sais pas comment je me serais débrouillé.

– Tu aurais appris pas à pas, mon garçon. Dès que je t'ai vu, j'ai su qu'il n'y aurait aucun problème. Certaines personnes ont l'art d'établir le contact avec les éléphants, d'autres pas. Mais désormais, ta place n'est plus ici. Tu dois t'en aller, et Nandita aussi.

Du bout du doigt, je suis l'entaille que Sharad avait faite en abattant son crochet sur la table, il y a maintenant bien longtemps. Ne Min a raison : notre place n'est plus ici. L'ennui, c'est que je ne vois pas comment libérer Nandita de ses entraves.

Je repense soudain aux railleries de Timir sur la façon dont Ne Min s'occupait des éléphants. Cette remarque aurait-elle un lien avec Anju ?

– Dites-moi, Ne Min... quand Timir a donné l'ordre d'abattre cet éléphant, qui s'en est chargé ? Est-ce qu'il vous a obligé à...

L'expression du vieil homme me fait aussitôt regretter cette question.

– Me connaissant, tu devrais savoir que personne ne pourrait me forcer à faire du mal à un éléphant. Jamais.

– Alors ce que Timir a dit tout à l'heure dans son bureau...

– La journée a été longue, Hastin, il est temps d'aller nous coucher.

De mon hamac, je regarde à travers les planches disjointes du plafond. Même si je n'aperçois qu'un bout de ciel noir parsemé d'étoiles, je m'imagine en train de remonter le chemin jusqu'à mon village. Je me représente la silhouette de ma mère, debout au milieu de la route, telle que je l'ai vue la dernière fois par la vitre arrière du camion de Timir.

Peu avant que je m'endorme, Ne Min me rend visite. En m'asseyant, je remarque qu'il tient une feuille de manguier dans une main, et un marteau dans l'autre.

– J'aimerais que tu la gardes près de toi, dit-il en me montrant la feuille où sont inscrits des signes birmans.

– Qu'est-ce que ça signifie ?

– C'est une phrase tirée d'une prière.

Il plaque la feuille sur la cloison, juste à la hauteur de mes yeux, puis laisse courir un doigt sous les mots tout en me les traduisant :

– Faites que ceux qui ont peur cessent d'avoir peur, et que ceux qui sont enchaînés soient enfin libres.

D'un coup de marteau, il cloue la feuille au mur.

22

> « Quand un éléphant éprouve une émotion,
> il la ressent profondément. »
> *Les éléphants de la jungle*, Tin San Bo

Dans deux jours, Ravi Kapur sera là. L'avantage est que Timir tient tellement à l'impressionner qu'il a annulé toutes les représentations de sorte que Nandita soit fin prête pour le spectacle qu'il réserve à son futur acheteur.

Les répétitions et la chaleur nous ont tous épuisés, Nandita la première. Je la conduis aussi souvent que possible à la source afin qu'elle se détende dans le bassin d'eau fraîche. J'ai remarqué qu'elle porte de nouvelles blessures, pas sur le dos ni sur la tête, mais à des endroits plus difficiles à voir : sous le ventre et à l'intérieur des pattes. Timir s'est inquiété de l'état de son cou. Cela m'a étonné de sa part, mais il s'est empressé d'ajouter :

– Il faut qu'elle ait l'air en bonne santé pour Kapurji.

Je continue à appliquer une compresse chaude sous la mâchoire de Nandita tous les jours. Sur le moment c'est efficace, mais le lendemain matin, elle est à nouveau enflée. J'en ai assez de rester debout devant le four alors qu'il fait déjà une chaleur terrible dans la cuisine. Le temps que la pierre chauffe, l'atmosphère devient insupportable.

C'est bientôt l'heure de l'entraînement, mais Nandita a vraiment besoin de repos. Il faut que j'en parle à Sharad, même si je sais d'avance qu'il ne m'écoutera probablement pas. D'un autre côté, peut-être qu'il serait content de faire une pause, lui aussi, au lieu de travailler jour après jour sous un soleil brûlant ?

Tandis que je la conduis à l'enclos du cirque, Nandita jette un coup d'œil en direction de l'éléphanterie. Si elle décidait de retourner faire un petit somme, je serais incapable de l'en empêcher. Soit elle ne s'en doute pas, soit elle est trop obéissante, toujours est-il qu'elle poursuit son chemin sans même essayer.

– Ah, vous voilà enfin ! s'exclame Sharad au moment où nous entrons en piste. Allez, au boulot.

– Écoutez, je crois qu'il vaudrait mieux annuler cette séance, lui dis-je d'un ton qui se veut ferme et convaincant. Nandita n'est pas très en forme.

Après un bref regard à la ronde, Sharad me prend par l'épaule et m'attire à lui. Pour la première fois, je remarque que je le dépasse en taille.

– Tu ne comprends pas ? me glisse-t-il. C'est l'occasion de nous sortir d'ici. Je ne parle pas seulement de moi, pense un peu à elle (il agite un bras vers Nandita). C'est vrai qu'elle travaille dur en ce moment, mais encore un jour ou deux, et elle pourra se reposer.

Nandita balance sa trompe de gauche à droite.

Sharad m'attrape maintenant par les deux épaules. Son visage rond est à quelques centimètres du mien, et je vois du désespoir au fond de ses yeux.

– Tu crois que j'aime ça ? Que ça me plaît de cuire en plein soleil pour dresser un animal qui me ridiculisera en public ? Mais c'est le seul métier que je sache faire, et j'ai une famille à nourrir – tu le sais, ça ?

– Non.

Jamais je n'aurais cru qu'une femme ait pu épouser cet homme.

– Cinq enfants !

Alors là, j'ai encore plus de mal à l'imaginer.

– Oui, je comprends, lui dis-je. Mais Nandita m'inquiète, elle est tout le temps fatiguée.

Sharad soupire, pose les poings sur ses hanches et s'éloigne de moi pour s'approcher de l'éléphante.

– Personnellement, je la trouve en forme, rétorque-t-il. Mais je veux bien lui accorder une pause. Elle arrive à marcher debout sur les pattes de derrière, c'est déjà une belle réussite. Mais il faudra quand même répéter le spectacle d'un bout à l'autre, histoire de s'assurer que les numéros s'enchaînent à la perfection.

Comme c'est apparemment le mieux que je puisse obtenir de lui, je hoche la tête sans rien dire et sors de la piste en compagnie de ma protégée.

Après s'être longuement désaltérée à l'abreuvoir, Nandita entre dans l'éléphanterie et s'affale dans la paille, la trompe enroulée autour de la statuette de Ganesh. Quant à moi, je vais à la cuisine pour discuter avec Ne Min.

Le vieux cuisinier continue à émincer un oignon sans lever les yeux à mon arrivée.

– Sharad a bien voulu que Nandita se repose un peu, lui dis-je.

– Bon. Espérons que ça suffira.

– Il ne reste plus que deux jours.

Ne Min ne faisant aucun commentaire, j'ajoute :

– Vous pourriez demander à Kapurji de vous embaucher comme soigneur ?

– Non, ce n'est pas un métier pour moi, me répond-il.

– Mais vous seriez peut-être mieux payé chez lui, même comme cuisinier.

– Je n'ai pas de gros besoins. Ma petite maison me suffit. Je reste ici.

La veille du spectacle, impossible de trouver le sommeil le soir venu. Je n'arrête pas de penser à ma future évasion. Ce sera étrange de me coucher sans Nandita à mes côtés. Je dormirai sûrement mieux, loin de ses ronflements, mais il n'empêche qu'elle me manquera terriblement.

Je descends du hamac et m'assieds près d'elle. La première nuit que nous avons passée ensemble remonte à une éternité, me semble-t-il. Tout en lui caressant la tête, je lui parle à voix basse :

– Nandita, je sais que tu as travaillé dur, mais ce sera bientôt fini.

Elle ouvre un œil, puis le referme après m'avoir regardé un court instant.

– Encore un spectacle, et tu t'en iras vivre ailleurs, où tu seras mieux logée, mieux nourrie et mieux traitée qu'ici.

Je ne connais pas Kapurji, mais il est sans doute plus gentil que Timir. Du moins, je l'espère.

La gorge serrée, je pose la tête sur le flanc de Nandita.

– Alors s'il te plaît, fais un dernier effort pour la représentation de demain...

J'essaie d'avoir l'air courageux pour qu'elle ne se doute de rien, mais ma voix tremble.

– Il faut que ce spectacle soit parfait !

Nandita rouvre un œil et me regarde à nouveau tandis que je me relève. Je ne sais pas si elle a compris mes paroles, mais j'ai l'impression que oui.

Le lendemain matin, j'entends un bruit de moteur alors que je remplis l'abreuvoir. Timir sort de son bureau et court au-devant de la grosse voiture blanche qui remonte l'allée.

C'est sûrement Ravi Kapur. Je m'empresse de vider le dernier seau et fonce vers la cuisine.

– Le thé est prêt, Ne Min ?

Le vieil homme remplit une tasse et me la tend :

– Fais attention, me dit-il alors que je repars en courant.

Le liquide brûlant m'éclabousse la main, mais j'ai trop hâte de rencontrer Kapurji et de savoir de quoi il parle avec Timir. Je m'efforce quand même de ralentir, sinon il ne restera plus une seule goutte de thé dans la tasse.

J'entends déjà notre visiteur rire à gorge déployée. Timir a dû lui raconter quelque chose de très drôle, aussi invraisemblable que cela puisse paraître.

Sharad les rejoint peu après.

À mon approche, les trois hommes se taisent et se tournent vers moi. Ravi Kapur est plus petit mais beaucoup plus enveloppé que moi. Hormis quelques rides au coin des yeux, il a un visage plutôt jeune, mais ses cheveux et sa barbe sont blancs comme neige.

– Vous devez être fatigué après une si longue route, lui dis-je. Voulez-vous une tasse de thé ?

Kapurji frappe dans ses mains avec enthousiasme.

– Avec plaisir ! lance-t-il en s'emparant de la tasse. Je suppose que tu es...

– Hastin, oui. Le soigneur de l'éléphant.

– Est-ce que tu aimerais venir travailler dans mon cirque, Hastin ?

Sa question me surprend tellement que je crois avoir mal compris. J'ai peur de répondre en présence de Timir, mais Ravi Kapur ajoute en s'adressant à lui :

– À condition que vous n'y voyiez pas d'inconvénient, bien sûr. Ce garçon fera-t-il partie du lot si j'achète votre éléphant ? Son expérience me serait fort utile.

Bien que j'évite de regarder Timir, je sens qu'il m'observe avec hostilité, et c'est d'un ton crispé que je l'entends rétorquer :

– Évidemment.

– Je te paierai huit roupies par jour, poursuit Kapurji.

– Vous… vous voulez dire que vous me… donneriez de l'argent ?

Je plonge la main dans ma poche et m'accroche à la pierre de Baba. D'après le coup de coude que me donne discrètement Sharad, je devine que ma réflexion n'est guère digne d'un homme d'affaires avisé.

Les yeux de Kapurji se posent sur Timir, puis reviennent sur moi.

– Bien sûr que je te donnerais de l'argent, puisque tu serais mon employé ! En plus, tu aurais le droit de retourner chez toi une fois par an.

À chaque seconde, je m'attends à ce que l'un d'eux éclate de rire pour me signifier que tout cela n'est qu'une vaste plaisanterie, mais les trois hommes gardent leur sérieux. De mon côté, j'ose à peine respirer.

– Est-ce que tu as une famille à qui tu aimerais rendre visite de temps à autre ? insiste Kapurji.

– Oui, réussis-je à articuler. Ma mère et… (ma voix défaille). Et ma sœur.

Enfin, peut-être ma sœur, me dis-je en mon for intérieur. J'imagine la tête d'Amma lorsque je lui tendrai l'argent que j'ai gagné.

– Si je suis content de ton travail, tu resteras aussi longtemps que tu veux, ajoute Ravi Kapur.

Ce qui semble impliquer que je pourrais également partir quand je veux. Mais je suis persuadé que Sharad me flanquerait cette fois un grand coup de coude si je me risquais à poser la question.

– Que faudrait-il que je fasse dans votre cirque, monsieur ?

– Eh bien, tu pourrais seconder mon soigneur d'éléphants, qui est toujours débordé de travail – tu sais ce que c'est –, ou bien te charger des autres animaux. Notre hippopotame ne veut jamais passer son costume avant d'entrer en piste. Et puis, nous avons un ours, un lion, des singes – inutile de te dire que tout ce petit monde nous donne du fil à retordre ! Pendant les représentations, il faut quelqu'un pour lancer et arrêter la musique entre chaque numéro – les clowns, les acrobates, etc. – et cela exige une grande attention. Tu pourrais aussi aider à la vente de friandises.

– Vous servez à manger ?

– Oui ! Des samoussas et des bonbons. Nous aurons de quoi t'occuper, il y a toujours tellement de choses à faire dans un cirque !

Voyant un bus et un taxi s'engager dans l'allée, Timir nous interrompt. Il a le visage tout rouge.

– Je vais vous conduire à votre place, dit-il à Kapurji. Le spectacle ne va pas tarder à commencer.

– Tant mieux ! J'ai hâte de voir de quoi votre éléphant est capable.

Kapurji ajoute en souriant :

– À tout à l'heure, Hastin, nous nous reparlerons après la représentation.

Avant d'accompagner son hôte de marque, Timir glisse en douce à Sharad :

– Débrouille-toi pour qu'il ne regarde pas l'éléphant de trop près.

Ne Min est déjà assis sur notre petit banc.

– Hastin, arrête un peu, tu me donnes le tournis ! me dit-il.

Je suis tellement nerveux que je tourne en rond sans m'en rendre compte. Je m'approche de la barrière et m'appuie sur le dernier rondin, les mains jointes comme pour une prière.

Dans le ciel, des nuages gris viennent cacher le soleil, nous protégeant un peu de la chaleur.

Sharad et Nandita débutent avec le numéro du cerceau. Je me penche par-dessus la clôture. *Vas-y, Nandita ! Pense à la belle éléphanterie où tu dormiras bientôt. Et au vrai docteur qui s'occupera de toi si tu tombes malade.*

D'une certaine façon, elle doit comprendre l'enjeu de ce spectacle, car elle réussit chaque numéro – même le nouveau, quand Sharad lui tourne le dos pour s'adresser au public, et qu'elle le suit en marchant sur les pattes de derrière. Pourtant, elle a le regard abattu et vacille légèrement lorsqu'il lui faut tenir en équilibre sur les bouteilles de lait, mais seul un œil averti pourrait s'en rendre compte.

Quelques gouttes de pluie se mettent à tomber. Chez moi, parfois, après une longue averse, l'odeur de la rivière imprégnait les murs de notre maison. En ce moment, je jurerais sentir la même odeur.

Sharad et Nandita sont maintenant côte à côte, face au public. Le dernier numéro touche presque à sa fin. Je me tiens prêt à bondir par-dessus la barrière pour aller féliciter Nandita.

– Pas mal joué, pour un éléphant, n'est-ce pas ? s'exclame Sharad.

Il ne dit plus « petit éléphant », car Nandita est désormais plus grande que lui. Sachant ce qui va se passer, j'en ris d'avance. Puis je m'arrête net.

Au lieu de voler le ballon à Sharad et de marquer un dernier but, Nandita reste immobile. Sharad tourne la tête vers elle, puis vers le public avec un sourire gêné. Il finit par laisser tomber le ballon au pied de Nandita pour l'inciter à frapper dedans, mais elle ne réagit toujours pas.

Les spectateurs s'agitent sur leur siège et échangent des regards interrogateurs. Parmi eux, j'en reconnais quelques-uns qui ont déjà assisté au spectacle et savent ce que Nandita est censée faire. Si seulement

Sharad avait l'idée de saluer et de remercier le public pour mettre un point final à la représentation ! Tout, plutôt que ce silence horriblement embarrassant. La trompe de Nandita traîne par terre et son corps se balance d'un côté à l'autre.

Ne Min se lève et se colle à la barrière.

Les gens lâchent un cri étouffé quand Nandita s'avance en titubant. Elle regarde vaguement dans ma direction, mais sans me voir. Sharad s'approche d'elle, puis s'écarte d'un bond à l'instant où elle s'effondre dans un nuage de poussière.

Ne Min se détourne et quitte l'enceinte du cirque. Avant d'enjamber la clôture, je lance un rapide coup d'œil à Kapurji. Timir lui parle avec véhémence tout en le retenant par le bras, mais l'homme se dégage et s'éloigne à grands pas.

Je me précipite vers Nandita et m'agenouille près d'elle.

– Nandita, s'il te plaît, relève-toi, lui dis-je en la caressant.

Sa respiration est rapide et caverneuse. Les gouttes de pluie laissent des points sombres sur sa peau couverte de poussière.

J'entends au loin démarrer la voiture de Ravi Kapur.

Nandita ne me regarde pas pendant que je lui parle. À travers ses paupières à moitié fermées, je remarque que ses yeux sont vitreux. Je me penche sur elle et pose la joue sur sa tête, tout près de son oreille.

– Je t'en supplie, Nandita, reste avec moi !

Debout au milieu de l'allée, Timir voit s'éloigner Kapurji. L'espace d'un bref instant, j'envisage de m'élancer après la voiture et de sauter dans le coffre afin de partir loin d'ici, entamer une nouvelle vie dans ce nouveau cirque avec un nouveau patron, tout plein d'animaux, de musique, de samoussas, un vrai salaire et la possibilité de rentrer chez moi de temps en temps...

Sharad vient s'agenouiller près de Nandita et pose une main sur son flanc.

– Coup de chaleur, déclare-t-il alors que Ne Min nous rejoint à son tour. Va chercher de l'eau, Hastin. Autant que tu peux. Et aussi des sacs de toile. Vite !

D'un bond, j'escalade la barrière et fonce vers l'abreuvoir. Je n'ai que le temps de voir disparaître la voiture de Kapurji, et tous mes espoirs avec.

23

« Les éléphants consacrent dix-huit à vingt heures par jour à la recherche de nourriture. »

Les éléphants de la jungle, Tin San Bo

Mes bras tremblent, j'ignore si c'est de peur ou de fatigue. Je n'ai pas arrêté de courir à l'abreuvoir pour remplir le seau et le déverser ensuite sur Nandita.

Quelques badauds se sont attardés autour de la piste, mais la plupart des spectateurs sont partis précipitamment, tenant par la main des enfants en pleurs. Rares sont ceux qui nous ont proposé leur aide. Je suis allé chercher des sacs de farine et de riz vides dans la remise, et nous les avons trempés dans l'eau avant de les étaler sur le corps de Nandita. Pendant ce temps, Timir faisait les cent pas en criant :

– Mais faites quelque chose ! Ça n'aurait jamais dû arriver ! Bande d'incapables !

J'ai envie de partir loin d'ici, d'échapper à tous ces gens, à Timir, à la chaleur. Et aussi à Nandita, l'éléphant qu'on m'a confié et que je n'ai pas su protéger. Si je m'enfuis maintenant, personne ne s'en apercevra.

Je fonce vers l'éléphanterie. Quelles affaires emporter ? J'attrape le flacon vide de teinture d'iode que j'ai caché sous la paille, ainsi qu'une de mes statuettes de Ganesh. Quoi d'autre ? Alors que je balaie l'endroit du regard, mes yeux se posent sur la feuille de manguier clouée à la cloison. Au moment où je vais pour la détacher, Ne Min apparaît dans l'encadrement de la porte.

– Tu crois que tu arriveras à l'oublier si tu t'enfuis maintenant ? me demande-t-il en entrant. Nandita fait partie de toi, tout comme tu fais partie d'elle. Elle t'accompagnera partout en pensée, où que tu sois, dans ton village ou à l'autre bout du monde.

Ses yeux reflètent la même tristesse que lorsqu'il avait examiné les blessures de Nandita, la première fois.

– Tous les beaux moments que tu as partagés avec elle seront gâchés à tout jamais si tu l'abandonnes, poursuit-il. C'est toi qui tiens le plus à elle, et c'est de toi dont elle a le plus besoin.

– Je ne supporte plus cette situation, Ne Min. Je ne suis bon à rien. J'étais censé m'occuper d'elle, et regardez dans quel état elle est ! Elle s'en sortira mieux sans moi, et je ne veux pas être là si toutefois elle...

Je m'interromps et lui tourne le dos avant de reprendre :

– S'il vous plaît, laissez-moi partir et ne le dites à personne.

– Non, Hastin. Nandita a encore une chance. Je sais ce qu'il convient de faire, mais je ne peux pas m'en charger moi-même. Ton départ la tuera, et tu ne te le pardonneras jamais.

Je ramasse la statuette de Ganesh qui traîne dans la paille, la première que j'ai sculptée, celle qui est toute de guingois et qui reste ma préférée. Ganesh, celui qui enlève les obstacles...

Comme disait mon père, *parfois on reçoit de l'aide pour ôter les obstacles qui encombrent notre chemin, mais parfois c'est à nous d'agir pour nous en débarrasser. Plus tard, quand on devient plus sage et plus fort, on se retourne sur son passé et on est content d'avoir surmonté ces obstacles*. Est-ce que, un jour, je me réjouirai des épreuves que j'ai traversées ? Si Baba n'était pas mort, si Chanda n'était pas tombée malade, si nous n'avions pas été si pauvres... je n'aurais jamais rencontré Nandita.

Combien de gens peuvent se vanter d'avoir eu un éléphant comme meilleur ami ?

Je n'aurais jamais fait la connaissance de Ne Min, non plus.

Le vieil homme se tient près de moi et m'observe en silence, sans chercher à m'influencer, mais devinant probablement ma décision.

Je repose la statuette dans un coin et amasse un peu de paille sous sa base pour qu'elle reste bien droite.

– Que voulez-vous que je fasse, Ne Min ?

– Nandita a besoin d'ombre, mais elle n'est pas en mesure de regagner l'éléphanterie pour l'instant. Va couper des feuilles de palmier et une demi-douzaine de bambous – les plus grands que tu pourras trouver. Ensuite, tu aideras Sharad à construire un abri sur place.

– Elle va s'en sortir ?

Je me rappelle avoir posé la même question à Amma, la dernière fois que j'ai vu Chanda.

– Je n'en sais rien, soupire Ne Min.

Je crois entendre la voix de ma mère ajouter : *Il ne nous reste plus qu'à prier*.

Alors oui, je vais prier. Mais je suis terrifié par l'incertitude que laisse planer la réponse de Ne Min.

Après avoir prévenu Sharad, je vais chercher la hache dans le bûcher et m'empresse d'abattre des bambous. Je choisis les six plus hauts, que je rapporte en hâte sur la piste du cirque. Les derniers spectateurs sont partis, et Timir s'est retiré dans son bureau. Ne Min est assis auprès de Nandita, la main posée sur son front brûlant.

Toujours armé de la hache, je repars immédiatement vers les palmiers et tranche les larges feuilles une par une, au ras du tronc. Puis j'en transporte un maximum entre mes bras jusqu'à la piste.

Sharad m'aide alors à creuser des trous pour planter les longues tiges de bambou aux quatre coins autour de Nandita. Une fois les bambous enfoncés, je les renforce à la base avec de la terre bien tassée. Nous attacherons les deux bambous restants en diagonale, au sommet des quatre autres. Je vais donc chercher l'échelle dans la remise, puis je maintiens fermement chaque bambou pendant que Sharad se charge des ligatures entre les parties verticales et horizontales.

– Maintenant, passons au toit, me dit-il. Va couper d'autres bambous pour compléter l'armature.

Je reviens peu après avec une nouvelle brassée de bambous. Cette fois, c'est moi qui grimpe à l'échelle. J'installe les bambous au fur et à mesure que Sharad me les passe sans donner le moindre signe d'impatience ou de mauvaise humeur. Peut-être est-ce une preuve de la bonté qui se trouve profondément enfouie en lui, selon les dires de Ne Min.

Tout en m'activant, je surveille Nandita pour voir si son état s'améliore. Elle respire plus calmement et garde les yeux ouverts, mais son regard est toujours embrumé. J'interromps mon travail pour aller puiser de l'eau fraîche à la source, que je lui rapporte en courant.

Après avoir formé un treillis d'un bout à l'autre de la structure avec les cannes de bambou, je couvre le tout avec les palmes. Nandita est enfin à l'ombre. Je vais lui chercher son petit Ganesh en bois sculpté et le dépose à côté de sa trompe afin qu'elle puisse le prendre pour dormir. Avant de le lâcher, je murmure une prière à son intention.

Ne Min me dit que Nandita devra rester sous cet abri pendant plusieurs jours et qu'il faudra donc lui fournir de la paille et de l'eau en quantité suffisante. Il ne m'a pas demandé de dormir avec elle, mais c'est ce que je ferai. Puisque c'est la nouvelle demeure de Nandita, c'est aussi la mienne.

Sharad va perdre deux semaines de salaire, et moi gagner trois mois de travail supplémentaires...

– Ça vous apprendra à mieux vous occuper de cet éléphant ! rugit Timir.

Aux heures les plus chaudes de la journée, j'arrose abondamment Nandita pour la maintenir au frais. Je lui laisse aussi toujours un seau d'eau à portée de trompe pour étancher sa soif. Elle a du mal à boire tant qu'elle est couchée sur le flanc, mais dans la soirée elle arrive enfin à relever la tête.

Le lendemain, pourtant, son état est encore préoccupant. D'après Ne Min, un éléphant en bonne santé se remet rapidement d'un coup de chaleur, mais Nandita était déjà très affaiblie ces derniers temps. Si seulement j'étais assez fort pour la traîner jusqu'à la source !

Même si je dors dehors, devant la cabane de Nandita, je me glisse chaque soir dans l'éléphanterie pour ajouter une nouvelle entaille à toutes celles que j'ai déjà gravées. Quand retournerai-je chez moi ? J'imagine une ribambelle de traits qui s'étirent à l'infini, vers un horizon qui signifie « jamais ».

J'ai apporté des mangues et des gousses de tamarinier à Nandita, mais elle ne les a pas mangées.

En fin d'après-midi, alors que je m'en vais voir Nandita une fois mes corvées terminées, je trouve Ne Min à côté d'elle, en train de sculpter un bloc de bois.

Je sors de ma poche l'éléphant auquel je travaille depuis quelques jours et m'assieds auprès de lui.

– Qu'est-ce que vous faites ? Je ne vous ai jamais vu sculpter.

– J'ai discuté avec Timir, me dit-il. Il veut bien que Nandita vagabonde autour de la propriété, quand elle aura repris suffisamment de forces.

Je suis tellement étonné que Timir ait accepté une chose pareille que j'en reste sans voix.

– Tu comprends, poursuit Ne Min, il est très important que Nandita cherche elle-même sa nourriture, car elle sait ce qui lui faut et ce qui est bon pour elle. Et si elle mange mieux, elle se rétablira plus vite. Sans compter qu'un peu d'exercice lui fera le plus grand bien. Elle ne pourra pas courir à cause de ses fers, mais pour rassurer Timir, je lui ai proposé de fabriquer une cloche, de sorte qu'on puisse l'entendre si elle s'aventure trop loin.

Je tire mon canif et commence à travailler à mon éléphant tandis que le vieil homme continue à tailler son bloc de bois. Lorsque celui-ci est arrondi comme une branche d'arbre, il le creuse en son milieu de façon à lui donner la forme d'une coupe qu'il transperce ensuite de part en part.

Après cela, il taille deux bâtonnets de bois et perce un trou dans leur partie supérieure. Il enfile une ficelle dans ces deux trous et la passe ensuite dans celui de la partie évidée, si bien que les bâtonnets rendent un doux son de cloche en heurtant les bords de la coupe. *Dong-dong-dong !*

– Certains éléphants sont très malins, tu sais, reprend Ne Min avec un léger rire. Quand ils veulent se cacher, ils remplissent leur cloche de boue pour supprimer le bruit. Si Nandita te joue ce tour un de ces jours, tu auras du mal à la repérer, mais ne t'inquiète pas, elle reviendra vers toi tôt ou tard.

Avec la pointe de son couteau, Ne Min décore la cloche de dessins, puis trace des lettres rondes, comme sur la feuille qu'il m'a donnée.

De mon côté, j'ai façonné les pattes de mon éléphant pour faire comme s'il était en marche.

– Tu arriveras facilement à localiser Nandita, une fois que tu seras habitué au son de sa cloche, déclare Ne Min en l'accrochant autour du cou de l'animal.

J'ai envie de lui demander ce qu'il pense de ma statuette, s'il trouve le mouvement bien rendu, mais il s'éloigne sans même me dire bonsoir.

*

* *

Trois jours plus tard, j'éclate de rire en revenant de la source. Nandita se tient debout près de son abri… ou plutôt de ce qu'il en reste, car elle est en train de manger les piquets de bambou ! Peut-être qu'elle s'est réveillée ce matin, croyant que des arbres avaient poussé autour d'elle, comme moi quand je pensais que notre maison était sortie du sol, à l'époque où j'étais petit garçon.

Je la serre dans mes bras, indifférent aux poils drus qui me grattent la joue.

– Je me suis fait tellement de souci pour toi ! lui dis-je.

Pour la première fois depuis son malaise, je m'autorise à pleurer.

Bien qu'elle ne soit pas très solide sur ses jambes, je décide de l'emmener à la source. Sa cloche tinte à chaque pas pendant que nous sortons lentement de l'enclos du cirque.

Nandita se met presque à courir sur les derniers mètres qui nous séparent du point d'eau. Elle s'allonge dans le bassin, puis se roule dans la boue de la berge en soupirant de bonheur.

Sur le chemin du retour, je la laisse marcher librement devant moi, histoire de voir où elle va aller. Elle se dirige bientôt vers un arbre que je n'ai encore jamais vu, et dont les branches ploient sous le poids d'énormes fruits en forme de ballon de rugby. Vu l'odeur d'oignons pourris qu'ils dégagent, je suis sûr que Nandita n'y touchera pas, mais la voilà qui décroche un fruit avec sa trompe et le fourre tout entier dans sa bouche malgré sa taille ! Pendant qu'elle mastique la chair orange qui se trouve à l'intérieur, je remarque que l'odeur est à présent plus douce. Je m'approche d'une branche basse et cueille à mon tour un fruit à l'aide de mes deux mains. Je le pose ensuite sur une pierre plate et l'ouvre en deux avec mon canif. Un jus épais coule le long de la peau verte et bosselée. L'odeur rappelle un peu la banane et quelque chose d'autre – l'ananas, peut-être. J'en goûte un morceau. Ne Min avait raison : Nandita sait où se trouvent les bonnes choses.

Alors que nous reprenons le chemin de l'éléphanterie, Nandita, qui marche à présent derrière moi, me tapote soudain l'épaule du bout de sa trompe. Je me retourne et je joue les étonnés, comme si je ne savais pas qui vient de me faire cette blague. Nandita a l'air de rire en douce.

Au déjeuner, je suis si content de l'amélioration de la santé de mon éléphante que j'annonce immédiatement la bonne nouvelle à Ne Min. J'aurais mieux fait de me taire, car Timir m'a entendu.

– Parfait ! s'exclame-t-il. Les spectacles vont pouvoir reprendre.

– Pas tout de suite, l'avertit Ne Min. Elle s'en est sortie et elle va mieux, certes, mais elle aura peut-être moins de chance la prochaine fois. Il ne faut pas brusquer les choses.

– Alors disons dans une semaine, rétorque Timir. À ce moment-là, elle sera d'attaque.

– Vous n'en savez rien, objecte Ne Min. Il faut lui accorder davantage de repos, sinon elle risque de rechuter et vous ne tirerez plus rien d'elle. Quel intérêt ?

Sharad s'éclaircit la gorge.

– Je crois que Ne Min a raison, glisse-t-il. Tant qu'elle n'est pas complètement rétablie...

– Ça suffit ! crie Timir. Puisque je vous dis que tout se passera bien. Nous avons perdu assez de temps à la regarder dormir.

Je serre la pierre au fond de ma poche et me décide à intervenir.

– Ne Min sait de quoi il parle. C'est grâce à lui que...

– L'avis d'un tueur d'éléphants ne m'intéresse pas. Quant à toi, tu ferais mieux de ne plus l'écouter.

Personne ne dit mot ni ne bouge. Je retiens mon souffle en attendant la réaction du vieux cuisinier. Les paroles de Timir l'ont sûrement révolté.

Pourtant Ne Min reste silencieux. Son visage ne reflète ni colère, ni indignation, ni même de stupeur. Pourquoi ne se défend-il pas ? Il se dirige vers la porte, tête basse, les mains tremblantes. Je ne croise son regard qu'une fraction de seconde, juste au moment où il passe près de moi. Cette expression, je la reconnais instantanément. Je l'ai déjà lue dans les yeux de Chanda, le jour où elle a menti à propos des deux morceaux de pain qu'elle avait pris avant le dîner. Je l'ai lue aussi dans les yeux de ma mère, quand elle a dû me laisser seul pour aller travailler.

Cette expression que je retrouve aujourd'hui dans le regard de Ne Min, c'est de la culpabilité.

24

« Les éléphants communiquent parfois de façon inaudible pour l'homme. »

Les éléphants de la jungle, Tin San Bo

Le lendemain soir, je commence à sculpter un autre éléphant dans du bois de manguier pendant que Nandita se roule dans la poussière devant l'éléphanterie.

Je n'arrête pas de surveiller la cuisine, guettant l'apparition de Ne Min. Si Timir l'a traité de tueur d'éléphants, il y a sûrement une explication, mais je ne vois pas laquelle. Ne Min ne ferait jamais de mal à un éléphant.

Après le petit déjeuner, j'ai voulu aborder le sujet mais le vieil homme m'a immédiatement coupé la parole en demandant :

– Et Nandita, comment va-t-elle ? Tu veux que je l'examine ?

– Non.

Mon refus lui a fait l'effet d'une gifle. J'ai essayé de me rattraper :

– Je veux dire, ce n'est pas la peine, elle va beaucoup mieux. Mais vous pouvez aller la voir n'importe quand, bien entendu.

Le cuisinier a pris le balai et s'est mis à nettoyer le sol en lançant :

– Nous manquons de bois, Hastin, va en chercher.

J'ai obéi sans rien dire, alors qu'il y avait déjà un tas de bûches à côté du fourneau.

J'aimerais bien montrer mes nouvelles statuettes à Ne Min. Je pense qu'elles lui plairaient. Elles ont l'air plus vivantes à présent. Un jour viendra, peut-être, où je pourrais les vendre au marché, comme mon père. Je repense au sculpteur que j'ai rencontré là-bas, celui qui exposait ces minuscules éléphants à l'intérieur d'un coffret joliment gravé. Je rêve d'offrir un cadeau semblable à Chanda.

Tout à coup, Nandita se relève et se fige sur place, les oreilles plaquées sur ses tempes, la trompe dressée, le regard fixe. Je m'approche d'elle pour voir ce qui capte son attention, mais je ne remarque rien de spécial.

C'est alors que les poils de mes bras et de ma nuque se hérissent. Mon cerveau met un instant à saisir ce que mon corps a déjà compris. Timir est derrière nous. Je me retourne au dernier *clic* de sa canne sur le sol. J'ai toujours ma statuette en main, et il est trop tard pour la cacher. Maintenant qu'il sait que je possède un couteau, nul doute qu'il va me le confisquer. Que ferai-je sans le canif de Baba ?

Timir me regarde droit dans les yeux et tend la main, paume vers le ciel. J'y dépose mon petit éléphant en bois de manguier. J'ai l'horrible impression qu'il lit dans mes pensées.

Le voici qui inspecte la statuette de tous les côtés.

– Je vois que tu as quand même le temps de t'amuser, me dit-il avec ironie. Cependant, ce genre de babioles pourrait se vendre. Les gens aiment bien rapporter des souvenirs. Fabriques-en quelques-unes pour le prochain spectacle, ce sera peut-être l'occasion pour toi de gagner un peu d'argent.

Timir me relance la statuette et, avant de faire demi-tour, ajoute en pointant l'index sur moi :

– Mais avant ça, file à la cuisine et vérifie que tout est propre. Le vieux a dû rentrer plus tôt que d'habitude, ce soir.

Les jours suivants, je consacre tout mon temps libre à la sculpture. Je fais des éléphants de toutes les tailles, ainsi que quelques figurines de Ganesh. Je travaille tard dans la nuit, tout en me demandant quel prix je tirerai de mes statuettes et ce qu'Amma pourra acheter avec cet argent. De la nourriture, bien sûr, et peut-être aussi quelques coupons de tissu pour confectionner de nouveaux saris pour elle et ma sœur. J'ai également fabriqué une boîte que je remplirai de tout petits éléphants. Ça, ce sera pour Chanda. Je garde le coffret caché sous la paille, dans un coin de l'éléphanterie, en attendant le jour de mon départ.

Je m'interromps régulièrement pour aller voir Nandita. Elle semble en pleine en forme – elle a l'œil vif et un appétit formidable. Quand elle part se promener dans les bois, j'ai parfois du mal à suivre son rythme malgré les fers qu'elle a aux pattes. Heureusement, le *dong-dong-dong* de sa cloche m'aide à la repérer lorsqu'elle prend trop d'avance sur moi. Elle s'amuse souvent à me surprendre par-derrière et à me donner une petite tape sur l'épaule. Je fais alors semblant de ne pas l'avoir entendue arriver et, quand je me retourne, je jurerais qu'elle éclate de rire.

Il y a foule le jour de la reprise. Je passe toute la durée de la représentation agrippé à la barrière, j'en oublie presque de respirer. À la fin du spectacle, Nandita marque le dernier but et se pavane autour de la piste tandis que Sharad, jetant son chapeau par terre, fait mine d'être furieux. C'est une réussite totale.

Timir a dressé une table à l'entrée du cirque afin d'y exposer mes sculptures. Il s'est assis derrière et encaisse l'argent des clients avec un sourire plein de dents. Pendant que je nettoie la piste, j'entends certaines personnes s'exclamer :

– Quelles jolies statuettes !

– Si finement travaillées !

– Vous êtes un sculpteur de grand talent, dit un homme à Timir après avoir acheté toute une collection d'éléphants.

Je m'imagine en train de vendre mes statuettes au marché, comme mon père, et de rapporter ensuite des cadeaux à la maison pour Amma et Chanda.

– Merci, je fais de mon mieux, répond Timir.

Je m'immobilise, la fourche en l'air, et écoute la suite avec attention.

– Franchement, vous êtes trop modeste ! reprend le client. Un artisan de votre qualité gagnerait très bien sa vie en ville. Si vous ouvriez un magasin, vos statues partiraient comme des petits pains. Mais surtout ne faites pas ça : nous aimons trop votre spectacle !

Le directeur du cirque me lance un coup d'œil, puis s'adresse de nouveau au client :

– Merci beaucoup. Et à très bientôt, j'espère !

Une fois le dernier spectateur parti, la table est entièrement vide. Toutes mes sculptures se sont vendues. Timir se lève et s'éloigne avec la caisse sans m'accorder un regard.

Lâchant alors ma fourche, je me précipite vers son bureau. Timir est tellement occupé à compter l'argent qu'il ne s'aperçoit même pas de ma présence. De mon côté, j'ai la gorge si serrée que je n'arrive pas à sortir un mot.

Le poing fermé sur la pierre de Baba, je m'éclaircis la voix et demande :

– Alors, combien est-ce que j'ai gagné avec mes sculptures ?

Timir sursaute en m'entendant.

– Hein ? Ah oui, tes sculptures. Eh bien, il faut évidemment déduire le prix de ton logement et…

– Le prix de mon logement ? Mais il était inclus dans le contrat ! Et je vis dans une étable !

L'expression de Timir se durcit.

– … et le prix du bois que tu as utilisé pour ces statuettes. Comme je suis propriétaire du terrain, les arbres m'appartiennent aussi. Il est donc normal que je prélève ce qui me revient de droit. Le reste, je l'enverrai à ta mère. Qui sait ? Elle pourra peut-être emménager dans une cahute un peu moins misérable.

Cette nuit-là, je tourne dans l'éléphanterie comme un ours en cage. La rage m'empêche de dormir. Je me mets à cogner si fort contre la cloison que j'en arrache des lambeaux d'écorce. Je finis par m'écrouler dans la paille, sans me rendre compte que j'ai les poings en sang.

Nandita se lève et vient s'allonger près de moi. Elle semble compatir à mon malheur. Comme dit Ne Min, elle ne comprend pas les mots mais elle devine ce que j'éprouve.

Appuyé sur elle, je contemple la nuit à travers les espaces entre les rondins. La pleine lune, orangée comme une mangue, luit au ras de la cime des arbres. Si je suivais sa course, elle me guiderait jusqu'à mon village. Seulement voilà : je suis coincé ici, comme les animaux que Timir retenait jadis en cage.

Au lieu de grimper dans mon hamac, je décide de dormir par terre, comme avant. Et tant pis si Nandita me laisse peu de place. À ses côtés, je me sens presque comme à la maison.

Le lendemain matin, peu après mon réveil, je sors de dessous la paille le coffret que je destine à Chanda. C'est décidé : je ne sculpterai plus rien pour Timir étant donné qu'il gardera tout l'argent pour lui. À partir de maintenant, toutes les statuettes que je ferai seront pour ma famille.

Je grave encore deux éléphants sur l'un des côtés du coffret, si bien qu'ils sont toute une ribambelle à marcher à la queue leu leu sur les quatre faces.

La boîte est remplie de petits éléphants. Certains ne sont pas plus gros que l'ongle de mon petit doigt, comme ceux que j'avais admirés au marché de la ville, mais d'autres sont de la taille de mon pouce. Leur teinte varie selon le bois utilisé – grise pour le manguier, marron clair pour le sal, brun violacé pour le tamarinier. Ce dernier est un bois très dur, difficile à tailler, mais je m'en suis servi parce que ma sœur aime bien cette couleur. Soudain mon cœur se serre. Chanda ne sera peut-être pas à la maison pour recevoir mon cadeau. Je chasse vite cette pensée de mon esprit et continue de sculpter avant d'attaquer ma journée de travail.

Je suis au bûcher, en train de fendre du bois, quand je réalise que quelque chose ne va pas : aucune fumée ne sort de la cheminée de la cuisine. Je lâche aussitôt ma hache. Normalement, Ne Min devrait être arrivé. Je file vers la cuisine mais la trouve déserte. Je fais le tour de l'appentis en appelant :

– Ne Min ? Ne Min ?

Seuls les oiseaux me répondent.

25

« L'éléphant le mieux dressé reste un animal sauvage. »

Les éléphants de la jungle, Tin San Bo

Je me poste à l'entrée du sentier qui mène à la maison de Ne Min. Je ne suis jamais allé chez lui, je sais seulement qu'il emprunte ce chemin. Mais jusqu'où ? Peut-être qu'il tourne à droite ou à gauche à un moment donné ?

Notre cuisinier ne va sans doute pas tarder à se montrer. En attendant, si le patron arrive avant lui et que le petit déjeuner n'est pas prêt, il sera furieux. Je n'ose pas aller au-devant de Ne Min. Timir pourrait croire que j'ai cherché à m'enfuir et il me rosserait à coups de canne sans me laisser une chance de m'expliquer.

Je retourne donc à la cuisine et allume le feu sous la marmite d'eau que j'y ai déposée tout à l'heure. Je n'ai jamais préparé le petit déjeuner, mais j'ai suffisamment aidé Ne Min pour me débrouiller tout seul. Je sors sur le pas de la porte. Toujours aucun signe du vieil homme.

Nandita m'appelle à grands cris pendant que je cueille des mangues pour le repas. J'en récolte plus qu'il ne nous en faut, car elle ne sera pas contente si je ne lui en donne pas quelques-unes. À mon retour, elle glisse la trompe entre les planches de l'éléphanterie pour quémander un fruit. J'entre, je lui en tends un qu'elle engloutit aussitôt, puis j'en dépose un autre à ses pieds. Je laisse la porte ouverte en ressortant, afin qu'elle puisse aller se promener dans les alentours et se chercher d'autres choses à manger.

Tout en épluchant les mangues, je guette anxieusement l'arrivée de Ne Min. Je finis par l'apercevoir au moment où je coupe le dernier fruit. Mais le soulagement cède vite la place à l'inquiétude quand je vois qu'il marche beaucoup plus lentement que d'habitude. Après avoir posé mon couteau, je m'élance à sa rencontre.

– Tout va bien, Hastin, me dit-il avant que j'aie le temps de dire un mot. J'ai passé une mauvaise nuit, voilà tout.

Malgré ses protestations, je le prends par le bras et l'aide à gagner la cuisine.

Ensemble, nous continuons à préparer le petit déjeuner. Ne Min malaxe la pâte à pain, que je fractionne en petits morceaux. Après les avoir roulés entre ses mains pour former des boulettes, Ne Min les aplatit à l'aide de son rouleau à pâtisserie pour en faire des galettes pas plus épaisses qu'une feuille de papier à cigarette. Sitôt plongées dans le bain d'huile bouillante, les galettes se mettent à gonfler. Pendant qu'elles cuisent, je remue les lamelles de mangues dans une casserole posée sur le feu, et Ne Min les assaisonne à sa façon.

Au moment où Timir et Sharad font leur apparition, tout est prêt. Les galettes, encore brûlantes, laissent échapper un filet de vapeur quand je croque dedans. Les mangues, ni trop douces ni trop salées, sont parfaitement épicées. Quand je me lève pour aller en rechercher, Ne Min me tend son assiette afin que je le resserve aussi.

Les journées se succèdent et se ressemblent. Le soir, je me dépêche de terminer mes corvées pour retrouver mon hamac, mais je suis toujours le dernier couché. Je continue à graver des encoches dans le bois, même si d'après leur nombre, je devrais être rentré chez moi depuis longtemps.

Un jour que je nettoie la piste après que tout le monde est rentré chez soi, Nandita se met à aspirer de la poussière avec sa trompe. Elle s'en asperge copieusement, puis en envoie une giclée dans ma direction.

– Hé, arrête ! lui dis-je en riant. Je ne suis pas un éléphant, moi !

Elle me regarde avec un sourire malicieux, apparemment très contente de sa plaisanterie.

Subitement, je la vois se raidir. La trompe en l'air, les oreilles rabattues en arrière, elle fixe les arbres dans le lointain.

– Que se passe-t-il, Nandita ?

Quand je m'approche d'elle, je sens soudain l'air vibrer comme sous l'effet d'un coup de tonnerre. Pourtant, tout est silencieux, le ciel est dégagé, et il n'y a aucun signe d'orage.

Alors que je tends la main pour caresser Nandita, j'éprouve une sensation de picotement au creux de ma paume. L'éléphante est toujours immobile, mais quand je pose la main sur son front, je comprends que c'est de là que viennent ces étranges vibrations ! J'en ressens des fourmillements jusque dans l'épaule. Je suis le regard de Nandita en direction de la forêt, et nous restons un long moment côte à côte, ma main toujours posée sur son front.

Tout à coup, je perçois des barrissements rauques et puissants. J'avais déjà entendu l'appel des éléphants sauvages, mais jamais d'aussi près. La cime des arbres se met à frissonner. Nandita et moi guettons l'orée de la forêt en silence, figés dans l'attente.

Les éléphants finissent par émerger d'entre les arbres, de plus en plus énormes à mesure qu'ils se rapprochent de l'endroit où l'on nous retient prisonniers depuis si longtemps.

Je les examine un par un. Certains sont de la taille de Nandita. D'autres ont l'air nettement plus âgés, tel le vieux mâle que Ne Min et moi avons aperçu un jour – immense et massif, avec des oreilles abîmées et des taches roses sur le front et la trompe. L'un des plus jeunes commence à avoir des défenses. Contrairement à celles des adultes, elles sont lisses, intactes et d'une blancheur éclatante. Soudain, mon regard s'arrête sur le dernier éléphant de la troupe. Sa peau est claire comme une lune voilée par les nuages.

Indurekha ! Nouvelle Lune.

J'ai souvent pensé à elle, mais dans mon souvenir, c'était toujours l'éléphanteau qui s'ébattait dans la rivière avec Nandita.

Arrivée face au grillage qui entoure la propriété, la harde s'immobilise. Nandita avance, rompant le contact avec ma main qui retombe mollement le long de ma cuisse. J'ouvre la porte de l'enclos pour lui permettre de s'approcher de sa famille.

Quelles retrouvailles ! Dans un concert de barrissements, les éléphants battent des oreilles et se balancent lourdement sur place. Les plus vieux tendent leur trompe par-dessus la clôture pour toucher Nandita et lui caresser le front. Puis ils mettent leur trompe dans la bouche des uns et des autres. Indurekha se fraie un chemin pour arriver en première ligne et entremêle sa trompe avec celle de Nandita. Soudain, une grande femelle fend les rangs de ses congénères pour accéder au grillage. Elle ressemble à Sanjana, celle qui hurlait de rage et de désespoir au bord du piège où Nandita était tombée. Je m'étais dit alors qu'il s'agissait probablement de sa mère. Indurekha s'écarte aussitôt. Du bout de sa trompe, Sanjana palpe la tête de Nandita.

Peu à peu, la harde se calme. Nandita est tout près des siens, mais elle n'est pas vraiment avec eux. Lorsqu'ils s'en iront de leur côté, elle restera seule derrière cette clôture.

L'énorme éléphant, suivi des plus petits, est le premier à partir. Les autres l'imitent un par un, parfois après avoir adressé un dernier salut à Nandita.

Sanjana reste seule. Elle entoure sa trompe autour de celle de sa fille, et toutes deux communiquent au moyen de grognements sourds. Puis elles se séparent. Sanjana regarde le troupeau qui s'éloigne à pas lents et se résigne finalement à le rejoindre.

Nandita l'appelle et longe le grillage pour l'accompagner aussi loin que possible. Elle vient de perdre sa famille pour la deuxième fois.

Comme je sais qu'elle est maintenant trop grosse pour passer par le portail en bois, je me précipite vers le grand portail métallique en espérant qu'il ne sera pas fermé. Mais bien entendu, la chaîne est en place, solidement arrimée au poteau par le cadenas.

Je fonce au bûcher. *Où est la hache ?* Je donne un coup de pied dans le tas de bois, fouille rapidement parmi les bûches et vois enfin dépasser le manche de l'outil.

Les yeux rivés sur la harde qui s'éloigne, Nandita n'a pas bougé depuis mon départ. Je me rue sur le portail et attaque le poteau à grands coups de hache. Si j'y mets toutes mes forces, j'arriverai à l'abattre, c'est sûr.

Au bout de quelques minutes de travail acharné, je commence à fatiguer, mais le poteau est désormais bien entamé. Encore quelques coups, et il devrait céder. Je m'accorde une pause. Les mains en appui sur les genoux, je regarde en direction de la forêt. Je distingue encore les éléphants, mais leurs silhouettes s'amenuisent rapidement.

Je lève ma hache à nouveau... et m'arrête en plein élan lorsque mes yeux se posent sur la chaîne. Pas celle du portail, celle qui entrave les pattes de Nandita. Je me laisse tomber à terre, totalement découragé.

Même si je réussis à la faire sortir d'ici, Nandita ne pourra pas suivre la cadence de la harde à cause de ses fers.

C'est alors que je pense à mon canif. Il m'a déjà rendu de nombreux services, pourquoi ne pas l'utiliser pour forcer la fermeture des bracelets ? Ce ne sera sans doute pas facile, mais ça vaut la peine d'essayer. Une fois le portail ouvert, j'irai chercher mon sac et rattraperai Nandita pour la libérer de ses entraves.

Comme si elle lisait dans mes pensées, Nandita me regarde en se balançant nerveusement de droite à gauche. C'est sa seule chance, je ne peux pas la laisser passer. Je brandis la hache à nouveau, et m'interromps encore une fois, mais pour une autre raison : le bruyant camion de Sharad vient de s'arrêter du côté de l'appentis de la cuisine. Que fait-il ici à cette heure ?

Le sol est jonché d'éclats de bois, mais le poteau est toujours debout et la chaîne maintient le portail fermé.

– À toi de jouer, mon amie, dis-je à Nandita. Montre-moi comme tu es forte !

J'agrippe le grillage et le secoue vigoureusement pour lui montrer l'exemple. Nandita s'avance et commence à pousser le portail avec son front.

– Vas-y, continue ! Tu seras bientôt libre, plus rien ne te retient ici !

Je jette un coup d'œil en direction de la cuisine déserte. J'aurais aimé pouvoir dire au revoir à Ne Min. Mais nos adieux auraient été pénibles, et j'aurais sans doute eu du mal à trouver les mots pour lui exprimer toute ma reconnaissance. Finalement, c'est peut-être mieux ainsi. S'il était là, je sais ce que le vieux Birman me dirait : *Plus rien ne te retient ici non plus, Hastin.*

Je cours vers l'éléphanterie. Je ramasse ma statuette Ganesh, celle de Nandita, le coffret de Chanda et fourre le tout dans le sac que Ne Min m'a donné et dans lequel se trouve déjà la bouteille vide de teinture d'iode. En dernier lieu, je décroche la feuille où Ne Min a écrit la prière en birman.

Alors que je repars à toute vitesse, j'aperçois Sharad. Nandita s'acharne toujours sur le portail.

– Arrête ! crie le dresseur en fonçant sur elle, son crochet à la main.

Je lâche mon sac et me précipite à mon tour, mais Sharad a trop d'avance sur moi.

– Arrête ! ordonne-t-il de nouveau.

Au son de sa voix, Nandita fait volte-face. Sharad lève son crochet, Nandita sa trompe. La claque qu'elle assène au dompteur résonne comme un coup de fouet. Le corps de Sharad part s'écraser contre la clôture, puis retombe, inerte, sur le sol.

26

« Les éléphants ont la mémoire plus longue que la vie et plus forte que la mort. »

Les éléphants de la jungle, Tin San Bo

Nandita émet un barrissement terrible, puis s'avance vers Sharad et le pousse avec sa trompe.

– Non !

Je m'approche d'elle et pose une main sur son front, mais elle s'écarte en grondant, la trompe à nouveau menaçante. D'un geste lent, j'attrape la chaîne autour de son cou et parviens à la maîtriser suffisamment pour la reconduire dans l'enclos du cirque.

Je retourne aussitôt auprès de Sharad. Il respire normalement, mais sa tête saigne, et il est inconscient. Je tourne en rond tout en me demandant quoi faire.

Impossible de le porter, ni même de le traîner à l'intérieur. Je cours chercher ma couverture dans l'éléphanterie et l'étale à côté du blessé. Puis, des deux mains, je le roule sur la couverture. Mon regard s'arrête sur Sharad, puis dérive vers Nandita. J'hésite. Dois-je d'abord porter secours à l'homme ou bien œuvrer pour la liberté de mon éléphant en finissant d'abattre le portail ?

Baba me parlait des obstacles que Ganesh place parfois sur notre chemin : me voilà probablement dans un de ces cas. Tout en réfléchissant, je serre la pierre de mon père.

Ne Min m'a affirmé qu'il y avait une part de bon en Sharad.

Je me souviens aussi des paroles du dresseur : *J'ai une famille à nourrir.*

Je tourne et retourne la pierre entre mes doigts. Si seulement je pouvais sauver le bon Sharad et laisser le mauvais Sharad à terre ! Mais c'est aussi impossible que d'ôter les couches foncées de ma pierre pour ne garder que les couches claires. Si j'abandonne l'homme qui s'est montré cruel envers Nandita, j'abandonnerai aussi celui qui lui a construit un abri et qui est père de cinq enfants.

Je pars chercher de la teinture d'iode et des bandes de tissu propre dans la réserve, puis je cours jusqu'à la cuisine prendre un bol d'eau.

Sur la piste du cirque, Nandita se balance d'avant en arrière et cogne bruyamment sa chaîne contre le piquet. Avant de rejoindre Sharad, je jette un coup d'œil vers la forêt où ont disparu les éléphants. Tout comme moi, Nandita aimerait se retrouver en famille. Et les siens aimeraient qu'elle revienne enfin parmi eux.

– Sharad ?

Je m'agenouille auprès du dompteur et lui presse doucement l'épaule, mais il ne réagit toujours pas. Nandita sera certainement punie pour l'avoir blessé, mais si j'intercède en sa faveur, peut-être que Sharad se montrera indulgent, sachant que je lui ai porté secours ?

Après avoir versé un peu d'eau sur son front, j'applique un linge imbibé de teinture d'iode sur sa blessure.

Son pantalon est également taché de sang au niveau du genou. Une fois la jambe du pantalon retroussée, je découvre un petit trou rond en bas de sa cuisse. Typiquement le genre de blessure infligée par un crochet de dressage. De fait, l'instrument traîne dans la poussière, au pied du grillage. Nul doute que Sharad se l'est enfoncé dans la jambe en tombant. Alors que je désinfecte la plaie, l'homme se met à grogner.

Je suis sans doute idiot de ne pas m'enfuir pendant qu'il en est encore temps, mais je sais au fond de moi que ce ne serait pas bien. Je sauterai sur l'occasion plus tard, lorsque Sharad sera tiré d'affaire.

Justement, il semble revenir à lui. Il se tourne en geignant et entrouvre les paupières.

– Sharad, vous m'entendez ? Il faut que j'aille chercher du secours. Savez-vous où habite Ne Min ?

– Ça va aller, m'assure-t-il d'une voix rauque.

Il s'assied péniblement, se prend la tête à deux mains, puis se rallonge en gémissant.

– Tu connais le sentier par là-bas ? me demande-t-il en esquissant un geste vague.

– Oui.

– Suis-le jusqu'à l'embranchement et tourne à gauche, tu tomberas sur la cabane de Ne Min.

– Vous pouvez tenir ça en place ?

Je pose la main de Sharad sur le linge qui protège sa blessure à la tempe.

– Appuyez fort pour empêcher le sang de couler, lui dis-je avant de courir vers le portillon de bois et de m'engager sur le sentier indiqué.

Au bout d'un moment, je commence à croire que j'ai raté l'embranchement. Je marque une pause et regarde en arrière. Je regrette de n'avoir pas pris de lanterne dans la cuisine. La forêt est tellement dense qu'elle étouffe la lumière déclinante du soleil. Si ça se trouve, j'ai dépassé la fourche sans m'en apercevoir. Je décide néanmoins de poursuivre mon chemin et, une vingtaine de mètres plus loin, j'arrive enfin à l'endroit où le sentier se sépare en deux.

J'oblique sur la gauche, comme me l'a dit Sharad, et continue au pas de course. Soudain, je m'arrête pile en entendant la cloche de Nandita. Comment est-ce possible ? Je l'ai pourtant enchaînée à son piquet ! Je tends l'oreille et scrute la pénombre. Aucun signe de mon éléphante. Le tintement se reproduit, mais je réalise que je me suis trompé : ça ne peut pas être la cloche de Nandita, elle émet un son plus grave que celui que j'entends. Je me remets donc en route et, peu après, j'arrive en vue d'une petite cabane en bois tapie au milieu des arbres. Un souffle de vent fait de nouveau tinter la mystérieuse cloche. Je finis par la repérer, suspendue à une branche, tout près de la fenêtre de la cabane. En m'approchant, je constate qu'elle ressemble à celle de Nandita, mais en beaucoup moins lisse, avec des parties noires comme du charbon. Un objet que j'aurais pu sculpter il y a quelques mois.

Je frappe à la porte et appelle Ne Min. N'obtenant aucune réponse, je pousse le mince battant et pénètre dans l'unique pièce de cette pauvre demeure.

Je distingue une vieille chaise dans un coin et, à l'opposé, un lit de camp où Ne Min est en train de dormir. Sur une petite table, je reconnais le livre que je l'ai vu souvent feuilleter – celui avec les dessins d'éléphants et l'écriture tout en boucles.

Je m'assieds au bord du lit et allume la lampe posée sur la table.

– Ne Min ? dis-je en le secouant doucement par l'épaule.

Voyant qu'il ne réagit pas, j'insiste :

– Ne Min ! S'il vous plaît, c'est très important !

Le vieil homme se réveille en sursaut, comme si je venais de lui renverser un seau d'eau froide sur la tête.

– Je suis désolé de vous déranger, mais Sharad est blessé. Il faut absolument que vous veniez.

Ne Min se redresse, se frotte les yeux et me tend la main pour que je l'aide à se lever. Tandis que nous nous dirigeons à petits pas vers la porte, je lui raconte ce qui est arrivé.

– Pars devant et reste auprès de Sharad, me dit-il sur le chemin qui mène au cirque. Je te rejoindrai là-bas.

Je trouve Sharad étendu au même endroit, le regard éteint. Il grimace de douleur quand j'applique une nouvelle compresse sur l'ancienne, qui est maintenant trempée de sang. Nous n'échangeons pas un mot en attendant l'arrivée de Ne Min.

Une fois sur place, Ne Min enlève les pansements, inspecte la plaie, puis l'arrose copieusement de teinture d'iode. Sharad tressaille et tente de bloquer la main du vieil homme.

– Aïe ! Arrête... ça pique ! grogne-t-il. Tu me fais encore plus mal que ce satané éléphant.

Indifférent aux protestations du blessé, Ne Min continue à s'affairer avec calme.

– Il faut nettoyer ta plaie pour éviter tout risque d'infection, déclare-t-il.

– C'est bon, elle est assez propre ! peste Sharad.

Il tente de s'asseoir, puis pousse un juron en portant une main à son flanc gauche, là où Nandita l'a frappé avec sa trompe.

Ne Min s'occupe ensuite de la blessure infligée par le crochet. Pendant qu'il bande la jambe de Sharad, je surprends sur ses lèvres un bref et léger sourire.

– Nous allons t'amener à l'intérieur, annonce Ne Min. Tu te sens capable de marcher ?

Le dompteur parvient à s'asseoir, non sans pousser de nouvelles lamentations.

– Doucement, lui conseille Ne Min. Ne va pas trop vite.

Tandis que Sharad agrippe le grillage d'une main et tient ses côtes de l'autre, nous le soutenons de part et d'autre pour l'aider à se relever. Haletant, il s'appuie un instant contre la clôture, après quoi nous nous dirigeons tous trois vers le bureau de Timir.

– Attends un peu que le patron apprenne ça ! grogne Sharad en décochant un regard mauvais à Nandita.

Puis il lance à Ne Min :

– Tu as une recette de ragoût d'éléphant ?

Il rit de sa plaisanterie, puis grimace de douleur.

Ne Min et moi échangeons un coup d'œil par-dessus le dos courbé du dompteur. J'ignore les pensées du vieil homme, mais personnellement, j'adorerais jeter Sharad sous les pattes de Nandita.

Enfin parvenus au bureau de Timir, nous étendons Sharad sur le divan.

– Hastin, me dit Ne Min en souriant, il va encore falloir nettoyer les plaies, tu veux bien retourner chercher la bouteille de teinture d'iode, s'il te plaît ?

Ce soir-là, juste avant de m'endormir dans mon hamac, je réalise que je n'ai pas pensé à parler à Ne Min de la cloche accrochée à sa fenêtre.

Après avoir donné à manger à Nandita, je décide de la laisser enfermée pour éviter que Timir ne la voie à son arrivée. Il est l'heure de préparer le petit déjeuner, mais la cuisine est déserte. Je suppose que Ne Min rattrape son manque de sommeil, d'autant plus que les évènements d'hier l'ont sûrement épuisé. Pendant que l'eau chauffe sur le fourneau, je vais voir comment se porte Sharad.

Je l'entends ronfler avant même de pénétrer dans le bureau. Comme son bandage autour de la tête a un peu glissé durant la nuit, je le remets en place. Cela ne le réveille même pas. Je me demande comment Timir va réagir quand il apprendra ce qui s'est passé.

Au moment où je m'apprête à ressortir, je m'arrête sur le pas de la porte et fais marche arrière, le regard soudain attiré par la veste de Sharad, et plus précisément par sa poche de poitrine – celle où il garde son trousseau de clefs. L'une d'elles doit ouvrir le portail métallique, une autre les fers de Nandita. Quel idiot de ne pas y avoir pensé plus tôt ! Avec toutes les émotions d'hier, l'idée ne m'a même pas traversé l'esprit.

Sans un bruit, je m'approche du divan et glisse délicatement une main dans la poche de Sharad, qui dort toujours à poings fermés. Rien. Je cherche à tâtons dans les autres poches. Toujours rien.

Où a-t-il bien pu les ranger ? Je regarde par terre, sous le canapé. Non, pas de clefs. *Réfléchissons*. Lorsque nous avons ramené Sharad hier soir, je ne me rappelle pas avoir entendu tinter son trousseau, ni remarqué de renflement au niveau de sa poche. Peut-être avait-il laissé ses clefs ailleurs ?

Je ressors et fais le tour du bureau tout en continuant à me creuser la tête. Hier soir, je me suis étonné que Sharad revienne ici. Quand il a coupé le moteur de son camion, j'ai espéré qu'il n'en aurait pas pour longtemps.

S'il ne s'agissait que d'une courte halte, c'est donc que...

Je cours jusqu'à l'endroit où Sharad a garé son camion, derrière l'appentis de la cuisine. Sitôt la portière ouverte, j'aperçois les clefs posées sur le siège avant. Je me sens déjà un peu plus près de mon village.

Comme Timir ne va pas tarder à arriver, je ne peux pas mettre mon plan à exécution dès maintenant. J'attendrai demain matin, à l'aube, pour m'enfuir avec Nandita. Après avoir glissé le trousseau dans ma poche, je referme la portière avec précaution.

En allant au bûcher, j'aperçois au loin le portail à moitié arraché. Comment vais-je expliquer ces dégâts à Timir ? Je me demande si j'ai bien fait de rester. J'ai tendance à croire que oui et, la seconde suivante, j'ai envie de me taper la tête contre un mur pour ne pas m'être enfui sur-le-champ.

Soudain, je repense au crochet. Il doit encore traîner près de la clôture, à l'endroit où Sharad l'a laissé tomber. Les clefs cliquettent au fond de ma poche tandis que je fonce vers le portail. Je ramasse le crochet d'une main tremblante. La froideur du métal me fait frémir. C'est la première fois que je touche cet horrible instrument. Désormais, plus personne ne s'en servira.

Je prends un peu de recul, je me tourne face à la forêt et, de toutes mes forces, je lance le crochet pardessus la clôture, le plus loin possible, en espérant que la rouille ne tardera pas à le réduire en poussière.

J'ai cueilli des fruits pour le petit déjeuner, mais Ne Min n'est toujours pas là. Pendant que les mangues cuisent, j'inspecte les pots d'épices. Il y en a tellement que je les confonds. Ne Min me surprend en pleine hésitation. Il a la tête de quelqu'un qui aurait volontiers dormi quelques heures de plus.

– Merci d'avoir commencé sans moi, Hastin. Je suis désolé pour mon retard.

– Ce n'est pas grave, vous aviez besoin de repos. Si vous voulez aller vous recoucher, je...

– Non, merci, me coupe-t-il en souriant. J'ai l'impression que j'arrive à temps pour sauver le chutney ! Le cumin et la badiane ne vont pas du tout avec les mangues.

Il repousse les épices que j'avais sélectionnées et s'empare de deux autres pots.

– Tiens, pour ça je peux te faire confiance, reprend-il en me tendant le sucre. Mets-en une bonne poignée.

Nous nous taisons en entendant soudain la camionnette de Timir. Il vaudrait sans doute mieux que je lui explique tout de suite ce qui s'est passé, mais je suis incapable de bouger. Attendons qu'il entre dans son bureau et découvre Sharad en train de dormir sur le divan, la tête enveloppée d'un bandage...

Ne Min m'effleure l'épaule et me présente un pot rempli de minuscules graines noires.

– Ça, vois-tu, il n'y a pas mieux pour assaisonner les fruits, me dit-il.

Puis il me montre une poudre brun foncé.

– Ce piment est excellent aussi, mais il faut en mettre très peu, sinon tu auras la bouche en feu !

Nous poursuivons la préparation en silence. Je suppose que, comme moi, Ne Min essaie de comprendre ce que Timir dit au milieu de ses hurlements.

Le petit déjeuner étant prêt, nous nous attablons et commençons à manger en tête à tête, Ne Min et moi. J'aimerais savourer cet instant de calme, mais je suis trop nerveux. La peur au ventre, j'entends bientôt le *tap-clic-tap-clic* caractéristique de la démarche du patron.

Sitôt entré dans la cuisine, Timir abat sa canne sur la table. Inutile de lever les yeux pour savoir qu'il est rouge de rage et sur le point d'exploser.

– Le jour où on a capturé cet éléphant, je m'en souviens très bien, Sharad m'a prévenu qu'il avait un sale caractère ! s'écrie-t-il. Apparemment, il avait raison. Maintenant, il va falloir se débarrasser de ce maudit animal et tout recommencer avec un autre. Quant à toi – Timir soulève sa canne et me l'appuie sur le torse –, tu resteras ici pour t'en occuper. Et tu as intérêt à faire du bon travail, cette fois ! Un peu plus, et mon dresseur se faisait tuer à cause de ton incompétence !

– Mais ce n'était pas la faute de l'éléphant, il...

– C'est vrai, me coupe Timir, ce n'était pas sa faute, c'est uniquement la tienne. Et c'est toi qui seras responsable de sa mort !

– Ça suffit ! intervient Ne Min en se dressant devant Timir. Ce garçon n'a rien à se reprocher...

Sans me lâcher des yeux, Timir empoigne et repousse le vieil homme avec violence. Ne Min perd l'équilibre, s'écrase contre le fourneau, puis s'effondre par terre en se tenant le côté gauche.

– Ne Min !

Je me lève d'un bond et me précipite vers lui.

– Ah ! Une dernière chose, reprend Timir sans se soucier de l'état de son cuisinier. Rends-moi les clefs.

Ignorant sa demande, je me penche sur Ne Min.

– Tout va bien ? Attendez un peu avant de vous remettre debout.

Timir me donne un coup de canne sur la tête.

– Les clefs, j'ai dit !

– Hein ?

– Sharad ne retrouve pas son trousseau de clefs. Il l'avait laissé dans son camion, et il n'y est plus. Rends-le-moi !

De nouveau, Timir brandit sa canne. Avant qu'il l'abatte sur moi, je la lui arrache des mains et, d'un coup sec, la brise en deux sur mon genou.

Je jette les morceaux dans un coin, sors les clefs de ma poche et les lance contre le mur avec toute la rage et toute la haine que m'inspire cet homme. Heureusement qu'Amma n'est pas là pour entendre de quel nom je le traite.

– Je vais en ville embaucher de nouveaux ouvriers... et un homme armé d'un fusil de chasse, gronde Timir. Demain, à mon retour, tu les aideras à creuser un nouveau piège en forêt.

Sur ce, il ramasse les clefs et quitte la pièce.

Je m'agenouille auprès de Ne Min.

– Laissez-moi voir si vous êtes blessé.

Il écarte sa main afin que je puisse soulever sa chemise. Un gros bleu s'est déjà formé à l'endroit où il a heurté le fourneau. Malgré mes précautions, Ne Min grimace de douleur pendant que je palpe son flanc. J'espère qu'il n'a pas de côtes cassées.

– Vous devriez rentrer chez vous et rester couché, lui dis-je. Vous vous sentez capable de marcher ?

– Oui, je crois, me répond-il d'une voix lasse.

S'appuyant d'une main sur le fourneau tandis que je le soutiens de l'autre côté, il parvient à se mettre péniblement debout, et je le raccompagne jusqu'à sa cabane.

En fin de journée, Sharad se déclare prêt à rentrer dormir chez lui. Personnellement, j'aurais préféré qu'il passe la nuit ici. Il a le sommeil si lourd que j'aurais pu en profiter pour me glisser dans le bureau et subtiliser les clefs une seconde fois. Je dois absolument trouver un moyen de libérer Nandita avant le retour de Timir.

– J'ai l'impression que je ne serai pas débordé de travail pendant un bon moment, me dit Sharad avant de quitter le bureau. Du moins jusqu'à ce que j'aie un nouvel éléphant à dresser. Mais je reviendrai demain pour aider les autres à creuser le piège.

Je repense à la hache. Puisque je n'ai aucune chance de remettre la main sur les clefs, il va falloir que je finisse d'abattre le poteau de la clôture. Mais avant de regagner son camion, Sharad boitille jusqu'au bûcher et part en emportant la hache, anéantissant mon projet d'évasion.

Tout en nettoyant la cuisine après le dîner, je réfléchis en vain à une autre solution. Peut-être Ne Min aura-t-il une idée ?

À mon arrivée, je trouve le vieil homme profondément endormi, mais à la lueur de la lampe, je remarque que son visage a repris des couleurs. Lorsqu'il ouvre un œil au bout d'un moment, je lui propose de passer la nuit à son chevet.

– Il n'en est pas question, réplique-t-il. Où dormirais-tu, d'abord ?

– Sur la chaise ou par terre, ça m'est égal.

– Il est tard, Hastin. Va rejoindre Nandita et retourne à ton hamac. On se verra demain.

Je regagne donc mon hamac et finis par plonger dans un sommeil agité.

Pendant que le petit déjeuner mijote sur le feu, je décide de retourner voir Ne Min. Sharad arrive juste à l'instant où je quitte la cuisine.

– Où vas-tu ? me demande-t-il.

– Chez Ne Min, vérifier si tout va bien.

– Non, je vais y aller. Occupe-toi plutôt de tes casseroles.

– Mais...

Sharad s'éloigne sans me laisser le temps d'ajouter un mot.

J'aurais tellement voulu parler avec Ne Min. Si seulement je pouvais les emmener loin d'ici, lui et Nandita, courir sans m'arrêter jusqu'à mon village et retrouver Amma et Chanda !

Sharad ne tarde pas à revenir. Il est hors d'haleine.

– Laisse, je vais terminer ça, me dit-il. Ne Min veut te voir. Dépêche-toi avant que Timir revienne.

C'est la première fois qu'il propose de m'aider en cuisine.

– Allez, file ! insiste-t-il, voyant que je reste bouche bée.

27

« Une fois qu'on connaît les éléphants,
on s'attache à eux pour toujours.
Ce livre t'aidera à les soigner et à t'occuper
d'eux le mieux possible. Sois sûr qu'ils te rendront
un jour tout ce que tu leur auras apporté. »

Dédicace écrite sur la page de garde de l'ouvrage
Les éléphants de la jungle, Tin San Bo, alias Ne Min.

Je cours si vite que les arbres défilent autour de moi comme dans un brouillard. Arrivé chez Ne Min, j'entre sans frapper et me précipite à son chevet. Mon vieil ami dort. Il tient entre ses doigts un petit rectangle de papier tout écorné. Je le lui prends délicatement.

C'est une photo. Elle est décolorée par le temps, mais je reconnais immédiatement la personne qui se tient debout à côté d'un éléphant : il s'agit de Ne Min jeune. Il a la main posée sur la trompe de l'éléphant, comme s'il était en train de le caresser au moment où la photo a été prise. Le plus frappant, c'est que Ne Min a l'air heureux. À cette époque-là, il n'avait pas encore le regard triste que je lui connais.

Le vieil homme se réveille et se met à parler tout en gardant les yeux fermés :

– Je l'ai entendue, je crois… La cloche…

– Non, je suis venu seul, lui dis-je. Nandita est restée à l'étable.

– Non, non, pas la sienne. Une autre.

Il semble s'assoupir à nouveau. J'ai l'impression que Ne Min n'était pas conscient de ce qu'il disait, mais il ouvre soudain les yeux et me regarde bien en face.

– Il s'appelait Myit Ko Naing, reprend-il. Tu te demandais pourquoi je connaissais si bien les éléphants, eh bien, celui-là représentait tout pour moi. Il m'a sauvé la vie… et je n'ai pas été capable d'en faire autant pour lui.

Une foule de questions me brûlent les lèvres, mais j'attends patiemment que Ne Min poursuive.

– Nous sommes nés le même jour. Par le plus grand des hasards, une éléphante qui appartenait à ma famille a mis bas la nuit où ma mère m'a donné naissance. Nous avons grandi ensemble, l'éléphanteau et moi.

Ne Min s'interrompt, le temps de reprendre son souffle. Ces paroles ont l'air de l'avoir épuisé.

– Dès qu'un inconnu s'approchait, il déployait ses oreilles et se plaçait devant moi. On l'avait alors surnommé Khin Ma Ye – le Courageux Ami. Un lien très fort nous unissait, comme toi et Nandita... Un jour – je devais avoir environ trois ans –, je me suis avancé près de la rivière qui traversait la forêt de tecks où nous habitions, et je suis tombé à l'eau. Les gens du village ont accouru à mes cris et ont essayé de me secourir, mais le courant qui m'emportait était si fort qu'ils n'ont rien pu faire. Cette année-là, il avait tellement plu que la rivière avait doublé de volume.

Ne Min, exténué, s'accorde encore une pause avant de continuer son récit.

– C'est alors que Khin Ma Ye a surgi. Dépassant tout le monde, il s'est jeté à l'eau en aval et, tel un gros rocher, a attendu que j'arrive à sa portée pour m'attraper avec sa trompe, puis il m'a déposé sur la berge. Ce soir-là, mon père lui a choisi un nouveau nom : Myit Ko Naing.

La voix enrouée, je demande dans un murmure :

– Qu'est-ce que ça veut dire ?

– Celui-qui-a-vaincu-la-rivière.

Ne Min observe alors un si long silence que je le crois rendormi. Puis il se met à tousser. Je l'aide à se redresser – pas trop, car ses côtes le font souffrir – et à boire un peu d'eau dans la tasse en métal posée sur la table de nuit. Il se rallonge et, une fois remis de son effort, reprend le cours de son histoire.

– À l'âge de dix ans, j'ai sculpté une cloche pour Myit Ko Naing. Il aimait bien se promener en liberté et revenait toujours vers moi, mais j'avais parfois du mal à le distinguer parmi les autres éléphants, qui étaient fort nombreux dans notre village. Bientôt, j'ai appris à reconnaître le son particulier de sa cloche, ni trop aigu, ni trop grave, ni trop creux.

Ne Min tend la main vers la tasse. Je lui soutiens la tête, le temps qu'il avale une ou deux gorgées d'eau.

– Des années plus tard, par une chaude soirée d'été, j'étais assis devant ma cabane, en train de sculpter une cloche pour un nouvel éléphanteau à la lueur d'une torche. Un vent frais s'est soudain levé. J'ai espéré qu'il était annonciateur de pluie, car la rivière était au plus bas, et les arbres très secs. Je n'ai pas souvenir de m'être endormi, mais je me suis brusquement réveillé, sentant une odeur de fumée et la chaleur vive d'un feu. Dans mon sommeil, j'avais lâché mon couteau et mon bloc de bois... et la torche était tombée à terre.

Ne Min s'interrompt à nouveau, la respiration sifflante.

– Courant d'une maison à l'autre, j'ai alerté mes voisins de l'incendie. Au milieu de la débandade générale, j'essayais de capter le tintement de la cloche de Myit Ko Naing, mais je n'entendais rien à cause du crépitement des flammes et des craquements de branches. Comme tous les animaux s'enfuyaient de la forêt, je me suis dit que mon éléphant avait fait de même et qu'il devait être quelque part en lieu sûr. Mais une fois l'incendie maîtrisé et le calme revenu, toujours aucune trace de Myit Ko Naing.

Pendant que Ne Min s'accorde une autre pause, j'écoute la cloche de bois qui se balance au bout de la branche, devant la fenêtre.

– J'ai regagné le village en toute hâte, et c'est là que je l'ai aperçu, devant les décombres encore fumants de ma cabane. Que faisait-il à cet endroit ? Pour quelle raison s'était-il jeté dans le feu au lieu de s'en éloigner ? L'épaisse fumée noire lui avait peut-être fait perdre le sens de l'orientation ? À moins qu'il ne soit parti volontairement à ma recherche… Je me suis précipité en criant son nom. Puis je me suis agenouillé près de lui et j'ai posé une main sur son flanc. Myit Ko Naing respirait encore.

Après un court silence, Ne Min reprend d'une voix étonnamment forte :

– "*Tah* ! Debout !" lui ai-je ordonné. Il a ouvert un œil et m'a regardé avec tristesse, comme s'il était désolé de ne pouvoir m'obéir. Il a soulevé sa trompe, faiblement, m'a effleuré la main... après quoi son cœur a cessé de battre.

Les jours qui ont suivi la mort de Myit Ko Naing, je me suis surpris à guetter le tintement de sa cloche. Mais celles que j'entendais émettaient un son trop aigu, trop grave ou trop creux. À mon réveil, je partais à sa recherche, m'attendant à le trouver près d'un bosquet de bambous dont il était friand, ou bien en train de brouter l'herbe grasse qui poussait en bordure de la rivière. Et puis, d'un coup, la mémoire me revenait. Je m'effondrais, éperdu de chagrin.

Ne Min se tait à nouveau, à bout de souffle. Sa respiration est caverneuse.

À présent, je comprends tout. Pourquoi Ne Min connaît si bien les éléphants, pourquoi il m'a tant aidé avec Nandita et pourquoi il semblait souffrir autant qu'elle en voyant ses blessures. Je comprends aussi pourquoi il évitait parfois de s'approcher d'elle, ne voulant sans doute pas raviver des souvenirs trop douloureux, et pourquoi il a gardé sous silence cette période de sa vie. Pourtant, je me rappelle que Timir l'a traité de « tueur d'éléphants », l'autre jour.

– Vous avez parlé à Timir de cet accident ?

– Oui, il y a longtemps. Il voulait savoir pour quelle raison j'avais quitté mon pays. Alors je lui ai tout raconté – ma torche tombée à terre, l'incendie, le chagrin et les remords qui n'ont cessé de me hanter depuis la mort de Myit Ko Naing.

Et Timir s'est servi de cette culpabilité pour l'enfoncer davantage.

– Quand j'ai annoncé mon départ à mes parents, poursuit Ne Min, ils ont essayé de m'en dissuader. Ma place était là, affirmaient-ils, je devais continuer à exercer ce métier qui se transmettait de génération en génération, c'est-à-dire m'occuper des éléphants qui nous servaient à transporter le bois. Ils ne comprenaient pas. Personne ne comprenait ce que je ressentais. L'absence de Myit Ko Naing rendait tout le reste assourdissant.

Maintenant, Ne Min parle si bas que je suis obligé de me pencher sur lui pour l'entendre.

– Contrairement à moi, Hastin, tu n'es pas né parmi les éléphants, mais ils ont gagné ton cœur. Et tu as gagné celui de Nandita. Tout comme Myit Ko Naing l'a fait pour moi, elle donnerait sa vie pour toi. Tu dois la sauver envers et contre tout. Et te sauver toi-même.

– Mais comment ? Je n'ai plus accès à la hache, ni aux clefs...

Ne Min me prend la main.

– Si tu renonces, Hastin, tu porteras le fardeau de sa mort jusqu'à la fin de tes jours. Ne te décourage surtout pas.

Avant, je croyais que Ne Min s'en voulait parce qu'il n'avait pas réussi à empêcher Timir d'abattre Anju, l'éléphant du cirque précédent. La vérité est bien pire, puisqu'il a grandi avec Myit Ko Naing et qu'il se sait responsable de sa mort, à cause de l'incendie qu'il a déclenché.

Sentant sa main glisser, je la serre dans la mienne.

– Ne Min, attendez...

J'ai encore tellement de questions à lui poser, tellement de choses à lui dire, tant de gratitude à lui exprimer.

– Non, Hastin, lâche-t-il dans un soupir. Tu te souviens des bougies ? L'heure est venue : la flamme de la mienne va s'éteindre bientôt. Mais le souffle de ma vie se transmettra à quelqu'un d'autre.

Je m'accroche à lui pour le retenir. Je ne veux pas qu'il me quitte. Je me fiche de ce quelqu'un d'autre – c'est de mon vieux Ne Min que j'ai besoin, là, maintenant. Je pose la tête sur son épaule et l'enveloppe de mon bras, comme pour abriter la flamme d'une bougie. Pendant un instant, mon bras s'abaisse et se soulève au rythme de sa respiration. Puis il s'immobilise.

La lumière qui animait Ne Min s'évanouit et s'éloigne pour donner vie quelque part à un autre. Il ne me reste plus qu'une immense tristesse.

Dehors, le vent agite la cloche de bois qui émet un tintement ni trop aigu, ni trop grave, ni trop creux.

28

« Un jeune éléphant que l'on attache essaiera
farouchement de se libérer, mais une fois
qu'il y aura renoncé, c'est pour toujours.
Même s'il devient assez fort, plus tard,
pour rompre ses chaînes, il n'en fera rien.
C'est ainsi que la plus fragile des chaînes
peut retenir le plus gros des éléphants. »

Les éléphants de la jungle, Tin San Bo

Je prends le livre posé sur la table de nuit et glisse la photo de Ne Min et de Myit Ko Naing entre les pages. Après avoir serré ce livre contre mon cœur, comme s'il renfermait encore une parcelle de vie de mon vieil ami, je commence à le feuilleter et reconnais au passage plusieurs choses que Ne Min m'a enseignées. L'une des illustrations représente un homme en train de verser une poudre blanche – sans doute du sucre – sur la blessure d'un éléphant. Sur une autre, un éléphant est allongé dans l'eau d'une rivière et un jeune garçon lui frotte la peau à l'aide d'une noix de coco. J'ai l'impression d'entendre ronronner le gros animal... Un peu plus loin, un troupeau entoure un éléphant à terre ; certains le poussent du bout de la trompe, comme pour l'encourager à se relever.

Sur l'une des dernières pages, on voit un énorme éléphant attaché à un arbre par une chaîne si fine qu'on la distingue à peine au milieu des herbes. Pourquoi un animal aussi puissant reste-t-il prisonnier d'un lien aussi fragile ? Il suffirait qu'il tire dessus pour s'en libérer. Je laisse courir mes doigts sur la légende qui accompagne ce dessin, regrettant de ne rien comprendre à cette écriture. Derrière ces lignes courbes et ces signes tout en rondeur se cachent sûrement des mots pleins de sagesse.

Je reprends la main de Ne Min et observe son visage. Il a l'air en paix, enfin débarrassé de sa souffrance et de son chagrin. Du moins, je l'espère.

Je sors la pierre de Baba de ma poche.

– Cette pierre a enduré beaucoup d'épreuves, comme vous, dis-je à voix haute.

J'ignore si Ne Min peut m'entendre, mais je lui confie l'histoire de ma pierre qui s'est un jour détachée d'un volcan et qui a roulé, roulé, roulé jusqu'au moment où elle est tombée dans une rivière.

– Elle a résisté à la pression, aux chocs, au feu. À force de se faire ballotter par les eaux, elle est devenue lisse comme un œuf. Une pierre plus tendre se serait effritée et aurait fini en poussière.

Je ne saurai jamais comment cette pierre s'est échappée de la rivière, mais c'est à moi, maintenant, de trouver ma propre issue. Après avoir glissé la pierre dans la main de Ne Min, je sors de la cabane et retourne en courant à l'éléphanterie.

J'attrape le sac où j'avais déjà rangé les deux statuettes de Ganesh, la bouteille vide de teinture d'iode, la feuille de Ne Min et le coffret pour Chanda. Nandita marche de long en large en balançant sa trompe. À mon avis, elle se doute de quelque chose.

Avant d'ajouter le livre de Ne Min à mes affaires, je contemple les traits que j'ai gravés dans le bois. Ils s'étendent sur plusieurs rangées, tout le long de la cloison. Je déplie la lame de mon canif et la plante après la dernière encoche pour marquer le point final.

Nandita me suit hors de l'étable et me rentre dedans au moment où je me fige sur place en entendant la camionnette de Timir. Comme l'appentis de la cuisine me bouche la vue, je ne sais pas s'il revient seul ou accompagné.

Le bruit du moteur se tait, et le portail en bois s'ouvre dans un grincement. Je me faufile derrière un arbre et aperçois alors trois hommes qui se dirigent avec Timir vers le bureau. L'un d'eux est armé d'un grand fusil.

Nandita et moi courons vers la porte principale. Sharad est là, à côté du gros camion.

– Je suis désolé pour votre père, lui dis-je.

Il se raidit, puis se détourne du rouleau de corde qu'il était en train de charger à l'arrière du camion pour me faire face.

– De quoi tu parles ? me questionne-t-il en plissant les paupières.

– C'est dur de perdre son père. Mais ce n'était la faute de personne.

– Qu'est-ce que tu en sais ?

– Anju n'y était pour rien.

Sharad abat son poing sur l'aile du camion, avec une telle force que je recule d'un bond.

– Non, le responsable, c'était moi, avoue-t-il.

Il se dirige vers la piste du cirque, s'appuie sur la barrière et reprend, tête baissée :

– Ce jour-là, c'est moi qui suis allé fermer la cage du lion. Je pensais avoir bien verrouillé la porte, mais...

Nous restons tous deux silencieux pendant quelques secondes. Je me demande à qui Sharad en veut le plus depuis toutes ces années. À lui-même ou à l'éléphant qui a piétiné son père ? À voir la souffrance empreinte sur son visage, la réponse est claire.

– C'était un accident, lui dis-je. Et c'est du passé. Mais est-ce que la mort d'Anju vous a consolé ? À quoi servirait celle de Nandita ?

– Elle a failli me tuer, réplique-t-il.

– Si elle l'avait voulu, elle l'aurait fait. Quant à moi, j'aurais pu vous laisser à terre et prendre la fuite, mais je suis resté pour vous soigner. À votre tour, maintenant, de nous accorder une faveur.

– Comment ça ?

– Donnez-moi les clefs.

Sharad porte la main à son trousseau, puis hésite. La colère, la peur et – je le comprends à présent – la culpabilité ont étouffé toute la gentillesse qu'il y avait en lui. Je ne m'attends pas à ce qu'il se transforme d'un coup en un ange de bonté, mais s'il pouvait seulement témoigner un peu de générosité...

Mes doigts se crispent sur mon canif. S'il le faut, je m'en servirai pour fendre la poche où Sharad range ses clefs.

Le dresseur observe Nandita d'un air perplexe. En cas de bagarre, je crois que j'aurais le dessus, d'autant qu'il est encore affaibli à cause de ses blessures.

– Tu as tort, lâche-t-il finalement en sortant le trousseau. C'est un animal sauvage, tu sais.

Mes doigts se détendent.

– Oui, je le sais. C'est pour cette raison qu'il doit retrouver sa forêt.

Évitant mon regard, Sharad me demande alors :

– Comment va Ne Min ? J'ai dit à Timir qu'il avait besoin d'un docteur. Il n'était pas d'accord, mais en insistant, peut-être que...

Devant mon silence, Sharad lève les yeux. Je secoue la tête pour lui signaler qu'il n'y a plus rien à faire pour le vieux Birman.

Sharad pose les clefs sur le poteau de la barrière, puis s'éloigne sans un mot.

J'attrape le trousseau et je m'agenouille près de Nandita. D'une main tremblante, j'introduis la clef dans la serrure du premier bracelet, puis du second, libérant dans la foulée la chaîne qui les reliait à celle de son cou.

Je cours ensuite ouvrir le portail. Nandita s'y engouffre aussitôt et fonce vers la forêt. Au bout de quelques mètres, elle s'arrête et, comme pour m'inviter à la suivre, se tourne vers moi en barrissant.

C'est alors qu'une main s'abat sur mon épaule.

– Cet animal est à moi ! hurle Timir. Rattrape-le et ramène-le-moi en vitesse, sinon tu travailleras jusqu'à la fin de tes jours pour me rembourser !

Je reste cloué au sol. Nous n'allons quand même pas échouer si près du but ? Si Nandita parvient à s'échapper, je pourrai toujours retenter ma chance un peu plus tard. Malheureusement, elle aussi est figée sur place. Timir lui lance un regard mauvais.

– Très bien, me dit-il. Puisque tu ne veux pas m'obéir...

Il se tourne vers les ouvriers postés à l'entrée de son bureau et fait signe à celui qui porte le fusil de s'approcher.

– À toi de jouer ! lui crie-t-il.

Sharad nous rejoint en courant. Pendant qu'il reprend son souffle, appuyé contre le grillage, l'homme au fusil vise Nandita. Instinctivement, je cherche courage auprès de la pierre de Baba, avant de me rappeler qu'elle n'est plus dans ma poche. En réalité, je n'ai plus besoin d'elle. Je sais ce que je dois faire. La même chose que Nandita, lorsque c'est moi qui étais en danger.

Je m'avance et me place devant le canon du fusil. Cela n'empêchera peut-être pas l'homme de tirer, mais c'est la seule chance de sauver Nandita.

L'homme se décale d'un pas et remet son fusil en joue. Je m'interpose à nouveau.

– Tire ! lui ordonne Timir.

Ça y est, ma dernière heure a sonné. Je pense à mon village, à ma famille qui ne saura jamais ce qui m'est arrivé. J'espère de tout cœur que Chanda se rétablira pour qu'Amma ne reste pas seule.

– Impossible ! rétorque l'homme. Ce garçon est pile dans la ligne de mire.

– Et alors ? Tue-le !

L'homme fait un pas sur la gauche. Moi aussi. Il épaule son fusil. Je fixe la gueule noire du canon.

– Désolé, patron, reprend l'homme en abaissant son arme. Vous m'avez embauché pour abattre un éléphant, pas un enfant.

Timir lui arrache le fusil des mains.

– Quelqu'un d'autre fera le boulot à ta place. Tu n'as qu'à t'en charger, toi, tiens !

Il tend le fusil à Sharad. Celui-ci s'en empare et me jette un regard avant de viser Nandita. Je viens me planter entre elle et lui. Voilà sans doute ce que Ne Min entendait à propos de courage. Je n'ai jamais eu aussi peur de ma vie, mais je tiens bon.

Tout le monde sursaute lorsque le coup part... en l'air. Je me retourne et vois Nandita détaler vers la forêt. Je devrais l'imiter, mais je sais que mes jambes refuseraient de me porter.

Soudain, Nandita s'immobilise et fait volte-face. Qu'est-ce qui lui prend ?

– Va-t'en, va-t'en ! je lui hurle en agitant les bras.

Au lieu de m'obéir, elle s'agenouille sur ses pattes de devant. Je me tourne vers Timir et, pour la première fois, je le regarde au fond des yeux. Cet homme crie en permanence, il donne des ordres, mais c'est tout ce qu'il sait faire. Certes, il est capable d'écraser une souris sans le moindre scrupule, mais dès qu'il s'agit de travailler pour de bon, il se repose sur les autres. Il n'a jamais pris une pelle pour aider à creuser un piège, jamais accordé une minute au dressage de Nandita, jamais rempli l'abreuvoir, jamais ramassé de foin. Il est comme ces nuages menaçants qui n'apportent jamais une goutte de pluie. À présent, ça suffit.

– Cette éléphante a suffisamment travaillé pour vous, et moi aussi, lui dis-je. Si vous êtes courageux, allez donc la chercher vous-même. Mais je vous préviens : elle sera peut-être moins gentille avec vous qu'avec Sharad.

Sur ce, je me précipite vers Nandita et monte sur son dos.

Tandis que ma protégée galope à travers la forêt en barrissant, je ferme les yeux pour mieux savourer la caresse du vent sur mes joues et le tintement de la cloche de bois. Bientôt, de lointains barrissements répondent à ceux de Nandita. Comme elle force l'allure, je m'agrippe à son cou pour ne pas tomber.

Après voir dépassé le grand banian près duquel se trouvait le piège, Nandita longe la rivière et s'enfonce de plus en plus profondément dans la jungle. Quand nous arrivons enfin en vue de la harde, je m'accroche à une branche basse afin de soulager Nandita de mon poids et de la laisser filer librement vers les siens. Une fois dans l'arbre, je réalise que j'ai toujours en poche le trousseau de Sharad. Je le jette dans la rivière en riant. Sans les clefs du camion ni celles des chaînes et des fers, ils ne sont pas près de capturer un nouvel animal !

Barrissant à qui mieux mieux, les éléphants se pressent autour de Nandita et la caressent de leur trompe avec des grognements sourds, fêtant leurs retrouvailles avec encore plus de joie que précédemment, près de la clôture.

De mon perchoir, je les regarde s'engager tous ensemble dans la rivière et s'éclabousser les uns les autres. Nandita, ruisselante d'eau, s'amuse à asperger son amie Indurekha, exactement comme le jour où je les ai vues pour la première fois, voilà plus d'un an.

Désormais, Nandita mangera quand elle aura faim, boira quand elle aura soif. Elle ira où elle voudra, sans chaînes ni fers aux pattes. Elle se reposera quand la fatigue se fera sentir. Lorsqu'elle aura des enfants, je sais qu'elle sera une bonne mère et qu'elle défendra farouchement ses petits. Peut-être même qu'un jour, elle deviendra le chef de sa harde.

Je descends à mi-hauteur de l'arbre et saute sur la berge. J'aimerais dire au revoir à Nandita, mais je ne veux pas la déranger en pleine réunion de famille.

De mon sac, je sors la statuette de Ganesh avec laquelle elle dormait. Même si elle n'en a plus besoin maintenant, je la pose sur une branche basse, au cas où. En la voyant, Nandita pensera peut-être à moi.

À présent, il est temps de me mettre en route vers mon village. J'ignore ce qui m'attend là-bas, il y a sûrement eu du changement depuis mon départ, mais, quoi qu'il en soit, je rentre chez moi.

Soudain, j'entends derrière moi des pas lourds accompagnés de craquements de brindilles. J'évite de me retourner. Pour la dernière fois, je vais laisser Nandita me prendre par surprise.

Au contact de sa trompe sur mon épaule, je fais volte-face et joue les étonnés. Comme d'habitude, j'ai l'impression que Nandita éclate de rire. Elle m'effleure ensuite la tête et le visage. Je m'avance d'un pas pour la serrer dans mes bras, elle m'entoure de sa trompe, et nous restons ainsi enlacés pendant quelques secondes. Après m'être écarté, je m'aperçois qu'elle porte encore sa cloche autour du cou. Comment se fait-il que je ne l'ai pas entendue tinter à son approche ?

J'examine la cloche. Elle n'est ni cassée ni même fendue, mais ne produit pourtant aucun son quand on la secoue. C'est en la retournant que je comprends : Nandita l'a remplie de boue !

Le sourire aux lèvres, je repense aux paroles de Ne Min, le soir où il avait sculpté cette cloche :

Certains éléphants sont très malins, tu sais. Quand ils veulent se cacher, ils remplissent leur cloche de boue pour supprimer le bruit. Si Nandita te joue ce tour un de ces jours, tu auras du mal à la retrouver, mais ne t'inquiète pas, elle reviendra vers toi tôt ou tard.

Je dénoue la corde du cou de Nandita. Elle ne sert plus à rien désormais. Après une dernière caresse, je vais rincer la cloche dans l'eau de la rivière. Plus tard, je l'accrocherai à ma fenêtre et, lorsque le vent soufflera, son tintement me rappellera ma jeune éléphante et mon vieux compagnon.

Je sais qu'il m'arrivera parfois de chercher Nandita à mon réveil ou de me demander, en sentant de bonnes odeurs de cuisine, ce que Ne Min nous prépare pour le petit déjeuner. Alors, comme me l'a confié le vieil homme, la mémoire me reviendra d'un coup, et je m'effondrerai, éperdu de chagrin. Mais je me relèverai, car le bonheur d'avoir connu Ne Min et Nandita compensera largement ma tristesse. Au lieu de la chasser, je l'accueillerai comme un cadeau.

Le lit de la rivière rétrécit peu à peu. Ne sachant pas jusqu'où elle se prolonge, je m'assieds sur un rocher couvert de mousse et sors la bouteille vide de mon sac afin de faire provision d'eau. Je prends le temps d'apprécier la fraîcheur du courant sur ma peau. Après avoir soigneusement rebouché la bouteille qui renferme une partie de cette rivière que je ne reverrai plus jamais, je me remets en route.

J'entends derrière moi un lointain barrissement – Nandita n'en a jamais poussé d'aussi joyeux. Elle a enfin retrouvé sa jungle natale.

Voilà trois jours que j'ai quitté le cirque de Timir. À une ou deux reprises, j'ai pu gagner du temps en montant à l'arrière d'un camion agricole, mais le plus souvent, j'ai parcouru la route à pied. Un soir, un fermier m'a gentiment proposé de dormir chez lui pour m'éviter de passer la nuit dehors. Lui et sa famille n'avaient pas grand-chose à manger, et pourtant ils ont partagé leur repas avec moi.

La forêt d'arbres immenses qui formaient une voûte au-dessus de la route a peu à peu cédé la place à des acacias clairsemés et à des buissons d'épineux. Je longe à présent des champs de piments rouges ou orangés, sans aucune ombre pour m'abriter du soleil brûlant, mais cela signifie que je me rapproche de chez moi.

La nuit dernière, j'ai marché jusqu'à l'épuisement. J'ai dormi au pied d'un tecomella. Je me suis réveillé plein de courbatures, et j'ai repris la route péniblement.

J'ai beau avancer sans relâche depuis ce matin, j'ai l'impression que le soleil ne se couchera jamais. Bien que ma bouteille d'eau soit vide depuis longtemps, je la porte encore à mes lèvres dans l'espoir d'y trouver une dernière goutte. J'ai mal partout, j'arrive à peine à mettre un pied devant l'autre. Je ne vais quand même pas échouer si près du but ? Il faut absolument que je trouve à boire, sans quoi je me dessécherai sur place. Malheureusement, il n'y a pas un seul point d'eau en vue. Alors que je range la bouteille dans mon sac, mes doigts rencontrent la statuette de Ganesh. Je la sors et la contemple en pensant à tout ce que j'ai enduré depuis que je l'ai sculptée.

J'ai dû quitter ma famille, sans savoir si ma petite sœur avait survécu ou si la maladie l'avait emportée. J'ai vu souffrir un être que j'aimais et mourir un ami. J'ai vécu comme un esclave. Et je me suis évadé.

J'ai encore un long chemin à faire, mais, quels que soient les obstacles qui se dresseront devant moi, je sais que j'en ai surmonté de bien pires. Je ne renoncerai pas.

En jetant un coup d'œil sur ma droite, j'aperçois de loin quelque chose qui avance sur la route. C'est trop gros pour être un piéton, et trop lent pour être un camion. De plus près, je comprends qu'il s'agit d'une charrette tirée par deux bœufs aux cornes recourbées.

Je fais signe au conducteur, qui s'arrête une fois arrivé à ma hauteur. D'une voix enrouée, je lui demande jusqu'où il va. L'homme m'apprend qu'il ne passera pas loin de mon village et propose de m'emmener.

– Nous n'allons pas bien vite, mais au moins tu pourras te reposer, me dit-il.

J'accepte son offre avec joie ! Je grimpe dans la charrette et m'installe sur les sacs de riz empilés à l'arrière. Après m'avoir tendu un pichet d'eau, l'homme fait claquer les rênes, et les bœufs s'ébranlent lentement.

Je termine l'eau en deux gorgées. Malgré la toile râpeuse des sacs de riz, je m'endors immédiatement.

Soudain, je m'éveille en entendant le conducteur m'appeler. Il me semble que nous n'avons pas eu le temps de parcourir beaucoup de kilomètres, mais l'homme pointe mon village du doigt en annonçant :

– Te voilà presque arrivé.

Je le remercie chaleureusement, saute de la charrette et me mets en marche, face au soleil couchant.

Au bout de quelques pas, j'ai du sable plein les chaussures. J'avais oublié cette sensation. Je ris, je cours, je pleure à la vue d'un chameau !

Parvenu à l'endroit où ma mère m'a dit un dernier au revoir, je m'arrête et, comme elle, je suis des yeux la route qui m'a emporté.

Baba prétendait qu'une histoire ne sert à rien si on n'en entend que la fin. Que pour apprécier le dénouement, il faut connaître ce qui s'est passé avant.

Je ne peux pas dire que je suis content d'avoir traversé toutes ces épreuves, mais il n'empêche que tout ce que j'ai vécu m'a finalement ramené ici.

Soudain, un chien accourt en remuant la queue. Je n'en crois pas mes yeux.

– Raj ?

Je m'accroupis pour le caresser, il me lèche la figure, et j'éclate de rire. J'ai l'impression qu'il a grossi. Il faut croire que quelqu'un l'a bien nourri en mon absence.

Les soirées sont froides dans le désert : déjà de la fumée s'échappe du four du village. Alors que je m'élance vers la cour commune, je m'arrête tout à coup. Elle est là, se dirigeant vers notre maison, un panier de linge sous le bras. Elle le lâche aussitôt qu'elle m'aperçoit.

– Hastin ?

– Chanda !

Elle a le même sourire que notre mère. Elle a grandi. Et paraît en pleine forme. Je suis tellement soulagé de la voir que je rassemble mes dernières forces pour ne pas m'écrouler par terre.

Je me suis souvent demandé si elle me reconnaîtrait, et ce que je lui dirais en la retrouvant – en admettant que je la retrouve. Mais les mots sont inutiles. Nous courons l'un vers l'autre et nous nous serrons dans nos bras, comme si le temps et la distance ne nous avaient jamais éloignés. La douleur de la séparation s'évanouit d'un coup lorsque je respire le parfum caractéristique d'épices et de pain qui imprègne les vêtements de ma sœur. Je suis enfin chez moi.

Chanda éclate de rire en entendant gargouiller mon estomac. Elle me prend par la main et m'entraîne en courant dans la maison qui dégage une bonne odeur de *chapatis*. Il n'y a rien de meilleur que des galettes toutes chaudes nappées de babeurre !

Notes de l'auteure

En Inde, il existe des lois pour protéger les éléphants et les enfants, mais, comme partout ailleurs, certaines personnes ne respectent pas la loi.

Depuis 1973, il est interdit de capturer des éléphants sur tout le territoire indien, sauf pour déplacer les sujets qui empiètent sur les zones d'habitation. Pendant longtemps, les cirques et les zoos ont eu le droit de se procurer des éléphants nés en captivité, mais depuis 2009, un nouveau décret proscrit l'emploi d'éléphants dans tous les cirques et zoos de l'Inde. Ceux qui en faisaient déjà partie ont été transférés dans des parcs nationaux ou des réserves.

La population d'éléphants a néanmoins continué de décliner de façon inquiétante, notamment en raison de la diminution de l'habitat naturel, du braconnage et des conflits entre animaux et humains. Ces préoccupations ont amené le gouvernement indien à adopter le *Wildlife Protection Act*, une loi destinée à accroître la protection de la faune en général et des éléphants en particulier. Malgré ce renforcement de mesures, le ministère des Forêts ne cesse de recevoir des rapports confirmant la persistance du braconnage et du trafic illégal d'éléphants. Les défenseurs de l'environnement et des organismes luttant pour la sauvegarde des animaux, tel le SPCA, œuvrent activement afin d'améliorer les conditions de vie des éléphants captifs et de préserver celles des éléphants sauvages en Inde.

Bien que la législation sur le travail des enfants interdise l'emploi de main-d'œuvre enfantine, la pauvreté pousse de nombreuses familles indiennes à envoyer leurs enfants travailler en usine ou comme domestiques dans des familles aisées. Peinant de longues heures par jour pour un salaire de misère, les enfants sont exploités par leurs employeurs. Depuis la loi sur la défense du travail des enfants de 1986, de nouveaux décrets ont été récemment promulgués afin d'élargir la protection infantile, mais des millions d'enfants travaillent encore dans des conditions épouvantables, et ceux qui enfreignent la loi sont rarement poursuivis.

Jusqu'en 2010, les cirques n'étaient pas soumis à cette loi. Un amendement a mis fin à cette exception. Les directeurs de cirque n'ont désormais plus le droit d'embaucher des mineurs de moins de quatorze ans. Bon nombre d'entre eux n'obéissant pas à ce nouveau règlement, la Cour suprême indienne a ordonné des inspections systématiques afin de voler au secours des enfants employés illégalement.

Dans tout le pays, des groupes de soutien luttent activement pour l'abolition de la corruption et le respect des lois actuelles sur la protection des enfants et des animaux.

Remerciements

Outre ma reconnaissance envers toutes celles et ceux que j'ai rencontrés ou à qui j'ai eu l'occasion de parler, je tiens tout particulièrement à exprimer des remerciements éléphantesques aux personnes suivantes :

Mon agent, Joanna Stampfel-Volpe, qui a aussi tenu le double rôle de cheerleader et de ninja. Gina Loverde, première lectrice d'*Enchaînés*, qui a déboulé un jour dans l'agence en disant à Joanna : « Il faut absolument que tu lises ça ! » Toute l'équipe de Nancy Coffey Literary and Media Représentation – Nancy Coffey, Sara Kendall, Kathleen Ortiz et Pouya Shahbazian.

Margaret Ferguson, éditrice, pour avoir cru à mon texte et consacré, sans compter, des heures à son amélioration. Son assistante, Sunsan Dobinick, la correctrice, Alicia Hudnett, ainsi que tous les membres des services de la maquette, du marketing, de la publicité et des ventes de Macmillan. La plupart des gens n'ont aucune idée du temps et du nombre de personnes qu'implique la naissance d'un livre. Merci à tous pour leur dévouement.

Grâce au prix que m'a décerné la Highlights Foundation en 2008, j'ai pu suivre les cours du Chautauqua Institute. En tant qu'écrivain, j'y ai appris énormément de choses et noué de solides amitiés.

La communauté des auteurs que j'ai rencontrés en personne ou bien sur Internet, et avec qui j'ai partagé de bons comme de moins bons moments, toujours dans un esprit d'enthousiasme et de solidarité.

Les membres du groupe de critique littéraire en ligne, qui m'ont aidé à améliorer les premiers chapitres du livre : Gail Greenberg, Donna Grahmann, Kathy Hammer, Alicia Richardson, Charles Trevino et Lisa Willis.

Tous ceux qui ont attaqué le manuscrit autour d'un bon repas ou d'un gâteau maison. Dans la catégorie « repas » : Mary David, Stephanie Green, Brian C. Williams et Charles Trevino (qui m'a dit dès le début : « Il ne s'agit pas d'un livre d'images mais d'un roman ») ; dans la catégorie « gâteau » : Laura Edge, Doris Fisher, Miriam King, Christina Mandelski, Monica Vavra et Tammy Waldrop. Je jure, mes amis, que ce n'est pas uniquement la gourmandise qui m'a fait rechercher votre compagnie.

Les jeunes auteurs de l'Apocalypse et la classe de 2k12 ont fait de cette aventure une partie de plaisir. Merci à tous pour votre soutien et l'ambiance de camaraderie qui a régné tout le long de notre voyage au pays de l'édition.

Stephanie Sheffield, qui a donné naissance à Hastin en me suggérant d'ajouter un jeune garçon à cette histoire, à l'époque où je n'avais en tête qu'un petit livre sur les éléphants.

Les membres de ma famille, premiers lecteurs du texte, qui se sont montrés d'une compréhension et d'une patience admirables pendant mes longues journées devant l'ordinateur, enveloppée dans une couverture polaire, et qui m'ont apporté soutien et encouragement tout au long de mon travail d'écriture.

Mme Lynette Hart, de l'université de Californie à Davis, qui a assuré la révision du manuscrit et m'a fourni de précieuses informations sur le comportement des pachydermes. Merci d'avoir veillé à la bonne tenue de mes éléphants.

Du Zoo de Houston : Daryl Hoffman, conservateur des Grands Mammifères, Martina Stevens, directrice du département Eléphants ainsi que tous les soigneurs et gardiens pour les connaissances que j'ai acquises à leur contact.

Le groupe d'étude de la langue birmane à l'université de Yale (2007) et son directeur, M. U Khin Maung Gyi, pour m'avoir suggéré le nom de Ne Min et de son éléphant. Viola L. Wu, pour avoir ultérieurement répondu à une foule de questions sur la Birmanie et sa culture.

La journaliste-chercheuse Surekha Sule, pour ses informations sur l'habitat rural en Inde. Grâce à elle, on sait à quoi ressemble la maison de Hastin.

Varsha Bajaj, Nandini Bajpai, Anjali Banerjee et Mitali Perkins, qui m'ont appris énormément de choses sur l'Inde et sur la culture indienne. Rani Iyer qui, après avoir lu l'ensemble du texte, y a apporté des modifications indispensables.

Ce livre ne serait pas ce qu'il est sans Uma Krishnaswami, qui s'est attachée autant que moi à l'authenticité de l'histoire de Hastin. Merci pour le temps passé à lire et à annoter mon manuscrit, pour la perspicacité de ses remarques et pour ses réponses à mes questions sans fin. Si l'on pouvait mettre la patience et la sagesse en bouteille, j'aimerais en garder une dans mon bureau. L'histoire de Ganesh, en pages 189-190, est basée sur une nouvelle version du mythe par Uma Krishnaswami, et qui a paru sous le titre *The Broken Tusk* (« La défense cassée »).

Tous les éléments justes de ce livre, je les dois aux personnes qui m'ont aidée. Comme il leur était humainement impossible de m'apprendre tout ce que j'aurais dû savoir, s'il reste certaines erreurs, c'est évidemment parce que je n'ai pas posé les bonnes questions.

Encore une fois, mille mercis à tous.

Cet ouvrage a été mis en pages
par DV Arts Graphiques à La Rochelle

Achevé d'imprimer en septembre 2015
par Blackprint CPI (Barcelona)
pour le compte des Éditions Bayard

Imprimé en Espagne